AF539832

रस्किन बॉण्ड
की
लोकप्रिय कहानियाँ

रस्किन बॉण्ड
की
लोकप्रिय कहानियाँ

प्रकाशक • **प्रभात प्रकाशन प्रा. लि.**
4/19 आसफ अली रोड,
नई दिल्ली-110002
सर्वाधिकार • सुरक्षित
संस्करण • 2025
मूल्य • पाँच सौ रुपए
मुद्रक • आर-टेक ऑफसेट प्रिंटर्स, दिल्ली

RUSKIN BOND KI LOKPRIYA KAHANIYAN
Published by Prabhat Prakashan Pvt. Ltd., 4/19 Asaf Ali Road, New Delhi-2
by arrangement with Penguin Books India
e-mail: prabhatbooks@gmail.com ISBN 978-93-5186-546-9
₹ 500.00

प्रस्तावना

पाँच वर्ष पहले मेरी पहली 'पफिन ट्रेजरी' प्रकाशित होने के बाद से कहानियों का एक निरंतर सिलसिला चलता रहा है। मेरी खिड़की के पासवाली मेज नोटबुक्स और पांडुलिपियों से भरी पड़ी है। मेरी बिल्ली (मोटी बिल्ली) उन सबको नीचे गिराने की भरपूर कोशिश करती रहती है; लेकिन मैं एक सहनशील इनसान हूँ, और मैं उस बिखरे स्थान को व्यवस्थित करने का प्रयास करता रहता हूँ। अंकल केन नई-नई हरकतों के साथ मेरे सामने आते रहते हैं; मि. ओलिवर उत्साही, ऊधमी बच्चों के झुंड को अनुशासित करने का प्रयत्न करते रहते हैं; बोलनेवाले तोते और खिलवाड़ी हाथी अपने कारनामे दिखाते रहते हैं; मैं एक चूहे से दोस्ती कर लेता हूँ (मोटी बिल्ली को यह बात पसंद नहीं आएगी); अपने बचपन की घटनाएँ याद करता हूँ और अपनी खिड़की से बाहर ऊँचे पहाड़ों को देखता रहता हूँ, और मैं यह भी जानता हूँ कि मुझे अपने जीवन के रास्ते में अभी कई और दोस्त मिलेंगे और कई यादें मेरे साथ जुड़ेंगी।

—रस्किन बॉण्ड

अनुक्रम

एक नन्हा दोस्त

जब मैं पहली बार लंदन पहुँचा, तब मैं वहाँ किसी को नहीं जानता था। मैं अठारह साल का था, अकेला था और एक नौकरी की तलाश में था। मैंने एक सप्ताह शोरगुल से भरे एक छात्रावास में बिताया, जहाँ असंख्य विदेशी छात्र रहते थे, जो अंग्रेजी के अलावा हर भाषा बोलते थे। फिर मैंने किराए के एक कमरे का विज्ञापन देखा, जो सिर्फ 1 पाउंड प्रति सप्ताह पर उपलब्ध था। मैं तो वैसे भी बेरोजगार था और मुझे सप्ताह के सिर्फ 3 पाउंड भत्ते के रूप में मिलते थे, इसलिए मैंने बिना देखे ही कमरा ले लिया।

वह कमरा एक इमारत के सबसे ऊपर बनी एक छोटी सी अटारी निकला। कमरे की ऊँचाई बहुत कम थी और उसके ऊपर सिर्फ एक टाइल जड़ी ढलुआँ छत थी। कमरे में एक पलंग था, एक छोटा सा ड्रेसिंग टेबल था और एक कोने में छोटा सा गैस स्टोव। स्टोव जलाने के लिए एक छेद में बहुत सारे सिक्के डालने पड़ते थे। नवंबर का महीना था और बहुत ठंड थी। मेरे पास के सिक्के खत्म होने लगे थे। टॉयलेट जाने के लिए दो मंजिल नीचे उतरना पड़ता था। कमोड के ऊपर एक नोटिस लगी थी, जिस पर लिखा था—'कृपया अपनी चायपत्ती यहाँ न डालें'। चूँकि मेरे पास चाय बनाने का कोई साधन नहीं था, इसलिए मेरे पास वहाँ डालने के लिए चायपत्ती भी नहीं थी। हो सकता है, वहाँ रहनेवाले अन्य किराएदार (जो कभी-कभार ही दिखाई देते थे) अपनी

चायपत्ती वहीं डालते हों।

मेरी मकान मालकिन यहूदी थी और उससे भी मेरा सामना कम ही होता था। वह तभी दिखाई देती थी, जब किराया लेने का समय आता था। वह एक पोलिश शरणार्थी थी, और मुझे लगता है, युद्ध के समय यूरोप में उसे बहुत मुश्किल समय का सामना करना पड़ा होगा। वह अपने कमरे से बाहर बहुत कम निकलती थी।

उस इमारत में एक भी स्नानघर नहीं था। मुझे बेल्साइज रोड पर बने सार्वजनिक स्नानघरों का इस्तेमाल करना पड़ता था। खाना खाने के लिए मैं भूमिगत स्टेशन के नजदीक एक सस्ते से स्नैक बार में जाता था। कभी-कभी मैं अपने साथ डबलरोटी और सार्दिन मछली का डिब्बा घर ले आता था। उस दिन मुझे दावत का मजा आ जाता था।

क्या मुझे अकेलापन महसूस होता था? बिलकुल होता था। मैं बिलकुल अकेला था। उस बड़े से शहर में मेरा कोई दोस्त नहीं था। मुझे तो वह शहर भी एकाकी सा लगता था, धूसर और कुहरे में लिपटा हुआ। मैं प्रतिदिन नौकरी के लिए रोजगार कार्यालय का चक्कर लगाता था। आखिर दो हफ्ते बाद मुझे एक बड़ी सी किराने की दुकान में लेजर क्लर्क की नौकरी मिल गई। वेतन 5 पौंड प्रति सप्ताह था।

अब मैं अमीर था! कम-से-कम मैं रोज के बीन्स और टोस्ट के बदले ढंग का खाना तो खा सकता था। मैंने हैम और चीज खरीदी और फिर सैंडविच व सस्ती शैरी (स्पेन की सफेद मदिरा) के साथ नौकरी मिलने का जश्न मनाया। कुछ ही देर में मेरे कमरे का फर्श डबलरोटी के चूरे से भर गया। मेरी मकान मालकिन को यह बात पसंद नहीं आने वाली थी! मैं उठकर फर्श साफ करने ही वाला था कि मुझे चूँ-चूँ की आवाज आई और मैंने देखा कि एक नन्हा सा चूहा चीज के छोटे से टुकड़े को मुँह में दबाए फर्श पर दौड़ लगा रहा था। पूरे कमरे को पार करके वह ड्रेसिंग टेबल के पीछे कहीं गायब हो गया।

मैंने निश्चय किया कि मैं उस चूरे को साफ नहीं करूँगा; उस चूहे को ही खाने दूँगा। 'तुम्हें कोई चीज नहीं चाहिए तो भी उसे बरबाद मत करो', मेरी दादी कहा करती थीं।

मुझे चूहा दोबारा नहीं दिखा; लेकिन जब मैं बत्ती बुझाकर सोने चला गया तो मुझे कमरे में उसके इधर-से-उधर भागने की आवाज आ रही थी। बीच-बीच में उसकी चूँ-चूँ भी सुनाई दे रही थी, शायद पेट भर जाने के कारण संतुष्टि भरी।

चलो, कम-से-कम मुझे जश्न अकेले तो नहीं मनाना पड़ा। मैंने अपने आपसे कहा, कोई साथ न होने से तो एक चूहे का साथ ही भला!

मैं सुबह जल्दी ही काम पर निकल गया और मेरी गैर-मौजूदगी में मकान मालकिन ने मेरा कमरा साफ करवा दिया। जब मैं लौटा तो मैंने ड्रेसिंग टेबल पर एक नोट रखा हुआ देखा, जिस पर लिखा था—'कृपया फर्श पर खाने की चीजें न बिखेरें'।

वह ठीक कह रही थी। मेरा साथी फर्श पर गिरे चूरे से बेहतर का अधिकारी था। इसलिए मैंने एक खाली साबुनदानी में कुछ बिस्कुट के टुकड़े डाले और उसे ड्रेसिंग टेबल के पास रख दिया। लेकिन पता नहीं क्यों, वो साबुनदानी के पास भी नहीं गया। मैं काफी देर तक उसके आने के इंतजार में जागता रहा और जब वह आया तो कमरे के हर कोने में घूमा, मेरे बिस्तर के पास भी आया, लेकिन साबुनदानी के पास नहीं फटका। शायद उसे उसका चटक गुलाबी रंग पसंद नहीं आ रहा था। मुझे तो एक वैज्ञानिक ने बताया था कि चूहे रंगों में अंतर नहीं कर सकते और उनके लिए गुलाबी साबुनदानी और नीली साबुनदानी में कोई फर्क नहीं होता। लेकिन मुझे लगता है, वह वैज्ञानिक गलत कह रहा था। अकसर उन्हें फर्क समझ में आ जाता है।

मैं नहीं जानता था कि मेरा चूहा नर था या मादा, लेकिन मेरा मन कह रहा था कि वह मेरी तरह कुँवारा था। यदि मादा होती तो अपने

परिवार के साथ रहती। यह तो निश्चित रूप से एकाकी था।

मैंने साबुनदानी हटा दी। अगली शाम काम से लौटते समय मैंने एक प्यारी सी रकाबी खरीदी और उसके बीच में एक चीज का टुकड़ा रख के उसके घर के पास रख दी। वह लगभग फौरन ही रकाबी के पास आ गया और चीज को कुतरने लगा। उसे उसका स्वाद पसंद आया और वह पूरा टुकड़ा मुँह में दबाकर ड्रेसिंग टेबल के पीछे अपने बिल में ले गया।

ये चूहा तो बहुत नखरेवाला निकला! उसे साबुनदानी नहीं पसंद आई। उसे तो चाइनीज डिजाइनवाली रकाबी चाहिए थी!

एक समय के बाद हम खुद अपनी सुरक्षा का ध्यान रखने लगते हैं। लंदन में मई की शुरुआत में ही गरमी पड़ने लगती है। कमरे में घुटन महसूस होने के कारण मैंने उसमें मौजूद छोटी सी खिड़की खोल दी, जिसमें से हमारी छत जैसी और आपस में मिलती-जुलती अनगिनत छतें दिखाई देती थीं। लेकिन मैं उसे ज्यादा देर तक खुली नहीं रख पाया। अचानक मुझे अपने पलंग के नीचे से एक आतंकित सी चूँ-चूँ सुनाई पड़ी और मेरा साथी चूहा वहाँ से निकलकर ड्रेसिंग टेबल के पीछे के सुरक्षित स्थान की ओर भागा। मैंने नजरें उठाईं तो देखा, खिड़की पर एक मोटी सी बिल्ली बैठी है और खोजपूर्ण निगाहों से अंदर झाँक रही है। मुझे लगता है, उसने देख लिया था या शायद भाँप लिया था कि यदि वह धैर्य रखेगी तो उसे मुफ्त का भोजन मिल सकता है।

बिल्लियों के लिए यहाँ मुफ्त भोजन उपलब्ध नहीं है, मैंने कहा। फिर मैंने खिड़की बंद कर दी और दोबारा खोली भी नहीं।

सप्ताहांत में मैं शहर घूमने निकल जाता था। कभी-कभी उपनगरीय सिनेमा हॉल में फिल्म देखने भी चला जाता था, क्योंकि वहाँ टिकटें सस्ती होती थीं; लेकिन बाकी के पूरे हफ्ते मैं शाम के समय घर में ही रहता था और अपने उपन्यास पर काम करता था, जो मैं भारत में हुए

अपने अनुभवों के बारे में लिख रहा था। कभी-कभी मैं अपनी पांडुलिपि में से कुछ अंश जोर से पढ़ने भी लगता था।

चूहा बहुत अच्छा श्रोता तो नहीं था, क्योंकि वह बहुत देर तक एक स्थान पर रहता ही नहीं था; लेकिन अब उसे मुझ पर इतना भरोसा तो हो ही गया था कि वो मेरी उँगलियों के बीच में से डबलरोटी या चीज का टुकड़ा ले लेता था और यदि मैं अपने उपन्यास पर ज्यादा वक्त बिताता तो वो चूँ-चूँ करके मुझे अपनी मौजूदगी का एहसास दिला देता था···जैसे कि मुझे अपनी किसी आवश्यकता पर ध्यान न देने के लिए डाँट रहा हो!

और फिर, वह दिन आया, जब मुझे उस लोन रेंजर से (जैसा कि मैं अपने उस साथी को पुकारने लगा था) जुदा होने के बारे में विचार करना था। वेतन में मामूली सी बढ़त और बी.बी.सी. रेडियो से अपनी दो कहानियों के पारिश्रमिक का चेक—इन दोनों बातों का मतलब था कि मैं अब रहने के लिए एक बड़ी और बेहतर जगह की तलाश कर सकता था। मेरी मकान मालकिन को मेरे जाने का दुःख था, क्योंकि अपने लापरवाह रहन-सहन के बावजूद मैं किराया समय पर देता था। और वह नन्हा सा चूहा··· क्या वह भी मेरे जाने से दुःखी होगा? अब उसे अपने लिए भोजन का इंतजाम करने दूर जाना पड़ेगा। और हो सकता है, अगले किराएदार को चूहों के बजाय बिल्लियाँ पसंद हों।

लेकिन यह मेरी चिंता का विषय था, उसकी नहीं। इनसानों के विपरीत, चूहे भविष्य की चिंता नहीं करते—न अपने भविष्य की, न दुनिया की।

इस समस्या का समाधान कुछ हद तक दूसरे किराएदार के आने से मिल गया···कोई इनसान नहीं, बल्कि एक और चूहा, शायद मादा, क्योंकि वह मेरे साथी चूहे से कुछ छोटी, लेकिन ज्यादा प्यारी थी। कमरा छोड़ने के दो-तीन दिन पहले जब मैं शाम को घर पहुँचा तो मैंने दोनों को पूरे कमरे में दौड़ लगाते, मस्ती में खेलते-कूदते देखा। क्या ये

उनके बीच का प्यार था?

मुझे थोड़ी सी ईर्ष्या हुई। मेरे रूममेट को एक साथी मिल गया था, जबकि मैं अभी भी अकेला था। लेकिन जब मैं कमरा छोड़कर जाने लगा तो मैंने इस बात का ध्यान रखा कि उनके खाने के लिए बिस्कुट और रस्क का इतना चूरा छोड़ जाऊँ कि एक महीने तक उन्हें परेशानी न हो, बशर्ते हमारी मकान मालकिन को वह पहले न दिख जाए।

मैंने अपना पुराना व घिसा हुआ सूटकेस पैक किया और उस छोटी सी अटारी से बाहर निकल आया। जैसे-जैसे हम जिंदगी के सफर में आगे बढ़ते हैं, हमारे नए-पुराने दोस्त अकसर पीछे छूट जाते हैं, फिर कभी न मिलने के लिए। कभी-कभी हमारे जीवन में ऐसा समय आता है, जब हम बिलकुल अकेले होते हैं और हमें एक दोस्त की जरूरत महसूस होती है। कोई ऐसा, जो खाली, उदास कमरे में लौटने पर हमारा इंतजार कर रहा हो! और ऐसे समय में एक नन्हे से चूहे के होने से भी बहुत फर्क पड़ जाता है।

□

बालचर… हमेशा के लिए

किसी जमाने में मैं बालचर (बॉय स्काउट) हुआ करता था। हालाँकि मुझे न तो स्लिप नॉट और ग्रैनी नॉट के बीच का फर्क समझ में आता था, न ही रीफ नॉट और थीफ नॉट के बीच का अंतर मालूम था। मुझे सिर्फ इतना पता था कि यदि कोई चोर पकड़ा जाता है तो उसे बाँधने के लिए थीफ नॉट का प्रयोग होता है। मैंने कभी कोई चोर नहीं पकड़ा है—और यदि पकड़ भी लेता तो पता नहीं क्या करता; क्योंकि मुझे कोई गाँठ बाँधनी नहीं आती। शायद मैं उसे चेतावनी देकर छोड़ देता और उसे भी एक बालचर बनने की सलाह देता।

'तैयार रहो!' यह एक बॉय स्काउट का नीति वाक्य है और काफी अच्छा भी है। लेकिन मैं कभी किसी बात के लिए पूरी तरह तैयार नहीं रहता, चाहे कोई परीक्षा हो, सफर हो या फिर अपने कमरे की छत की मरम्मत। मैं आधा भाषण देता हूँ और भूल जाता हूँ कि मुझे आगे क्या बोलना है। या फिर मैं अपने मित्र की शादी में पहनने के लिए नया सूट बनवाता हूँ और पाजामा पहनकर चला जाता हूँ।

तो फिर मेरे जैसा इतना अव्यावहारिक, लापरवाह लड़का बॉय स्काउट कैसे बन गया? जिस समय यह हुआ, मैं शिमला के एक बोर्डिंग स्कूल में पढ़ रहा था।

हाँ, तो हुआ कुछ यूँ कि जूनियर स्कूल (मैं भी तब जूनियर ही था) में यह अफवाह फैल गई कि मैं खाना बहुत अच्छा बनाता हूँ। मैंने अपनी

जिंदगी में कभी कुछ नहीं बनाया था; लेकिन हाँ, मैं स्कूल की कैंटीन में काफी समय बिताता था और छिप्पू को, जो कैंटीन चलाता था, बेहतर समोसे, जलेबी, टिक्कियाँ और पकौड़े बनाने के नुस्खे बताया करता था। मेरी अनचाही सलाह के बदले वह कभी-कभी मुझे मुफ्त में समोसे दे देता था, इसलिए स्वाभाविक रूप से मैं उसे अपना दोस्त और संरक्षक समझने लगा था। अपनी इसी योग्यता के कारण मुझे कुकरी बैज देकर हमारी टुकड़ी के राशन की आपूर्ति सँभालने की जिम्मेदारी सौंप दी गई।

हमारी टुकड़ी में करीब बीस लोग थे। गरमी की छुट्टियों में हमारे स्काउट मास्टर मि. ऑलिवर हमें शिविर अभियान के लिए तारादेवी ले गए, जो शिमला शहर से कुछ मील दूर एक पहाड़ है, जिसके शिखर पर एक मंदिर बना हुआ है। पहली रात को हमें आलू छीलने, प्याज के छिलके उतारने, मटर छीलने और मसाला पीसने के काम दिए गए। जब सारी सामग्री तैयार हो गई तो पाक कला के विशेषज्ञ के तौर पर मुझसे पूछा गया कि उन चीजों का क्या करना है?

"सारी चीजें उस बड़ी देगची में डाल दो" मैंने आदेश दिया, ऊपर से आधा टिन घी डाल दो और थोड़ी सी बिच्छू बूटी डालकर आधा घंटा पकने दो।"

जब ये सब हो गया तो सबने उस पकवान को चखा; लेकिन आम राय यह बनी कि उसमें कुछ कमी थी।

"और नमक डालो।" मैंने सलाह दी।

नमक डाल दिया गया। फिर भी कुछ कमी लग रही थी।

"एक कप चीनी डालो।" मैंने आदेश दिया।

अब उसमें चीनी भी डाल दी गई। लेकिन अभी भी स्वाद में कुछ कमी रह गई थी।

"हम टमाटर डालना भूल गए।" एक अन्य स्काउट विमल ने कहा।

"कोई बात नहीं।" मैंने कहा, हमारे पास टमाटर सॉस है। एक बोतल सॉस डाल दो।"

"सिरका डाल दें तो?" एक और लड़के ने पूछा।

बिलकुल ठीक। "मैंने सहमति जताई, एक कप सिरका डाल दो।"

"अब तो ये बहुत खट्टा हो गया।" एक चखनेवाले ने कहा।

"हम जैम कौन सा लाए हैं?" मैंने पूछा। "करौंदे का। उसी की जरूरत थी।" पूरी बोतल डाल दो! मेरा पकवान सबको बहुत पसंद आया। सबने मजे लेकर खाया, मि. ऑलिवर ने भी, जिन्हें पता भी नहीं था कि उसमें क्या-क्या डाला गया था। इस डिश का नाम क्या है?

"ये विशुद्ध भारतीय खट्टी-मीठी जैम आलू करी है।" मैंने उन्हें बताया।

"छोटे में इसे बौंडभुर्जी कह सकते हैं।" विमल बोला। मैंने अपना कुकरी बैज सार्थक कर दिया था। बेचारे मि. ऑलिवर! वह स्काउट मास्टर बनने लायक बिलकुल नहीं थे। वैसे ही, जैसे मैं एक स्काउट बनने के काबिल नहीं था। अगले दिन उन्होंने घोषणा की कि वह हमें ट्रैकिंग के बारे में कुछ बताएँगे। उन्होंने कहा कि वो हमसे आधे घंटे पहले निकलकर जंगल में जाएँगे और अपने पीछे निशान के रूप में टूटी टहनियाँ, मुरगों के पंख, पाइन कोन, अखरोट इत्यादि छोड़ते जाएँगे। उन्हीं चिह्नों का पीछा करते हुए हमें उन तक पहुँचना था।

बदकिस्मती से हम बहुत अच्छे ट्रैकर्स नहीं थे। हमने जंगल में कुछ दूर तक तो उनकी छोड़ी निशानियों का पीछा किया, लेकिन फिर एक जगह बिलकुल साफ पानी का छोटा सा तालाब देखकर हमारा ध्यान भटक गया। अपनी यूनिफॉर्म उतारकर हम सब पानी में कूद गए और देर तक मस्ती करते रहे; कभी पानी में, कभी यूँ ही घास पर लेटकर धूप का मजा लेते रहे। करीब दो घंटे बाद, जब हमें भूख लगी, तो हम वापस अपने

कैंप में आए और रात के खाने की तैयारी करने लगे।

एक बार फिर बौंडभुर्जी ही बन रही थी, लेकिन अलग विधि से।

अँधेरा होने लगा था और हमें मि. ऑलिवर की चिंता होने लगी थी। तभी हमने देखा, वह लँगड़ाते हुए कैंप के अंदर आ रहे थे। दो गाँववाले उन्हें सहारा दे रहे थे। जंगल के एक सुदूर कोने में दो घंटे हमारा इंतजार करने के बाद उन्होंने अपने छोड़े चिह्नों के सहारे खुद ही वापस लौटने का फैसला कर लिया था; लेकिन बढ़ते अंधकार में वे रास्ता भूल गए। उधर से गुजरते कुछ गाँववालों ने उन्हें देखा तो कैंप तक छोड़ने आ गए। वह हमसे बहुत नाराज थे और गुस्से में उन्होंने हमसे अच्छे आचरणवाले बैज सहित सारे बैज वापस ले लिये और अपने झोले में ठूँस लिये। मुझे भी अपने कुकरी बैज से हाथ धोना पड़ा।

एक घंटे बाद, जब हम सोने की तैयारी कर रहे थे, मि. ऑलिवर ने आवाज लगाई, ''डिनर कहाँ है?''

''हमने तो खा लिया।'' विमल ने कहा, ''सारा खाना खत्म हो गया, सर।''

''बॉण्ड कहाँ है? वही तो हमारा रसोइया है। बॉण्ड, उठो और मेरे लिए एक ऑमलेट बनाओ।''

''मैं नहीं बना सकता, सर।''

''क्यों?''

''मेरा बैज आपके पास है। उसके बिना खाना पकाने की इजाजत नहीं है। ये यहाँ का नियम है।''

''मैंने तो ऐसे किसी नियम के बारे में नहीं सुना है। लेकिन तुम सब अपने बैज वापस ले सकते हो। कल हम स्कूल वापस चल रहे हैं।''

मि. ऑलिवर खीजते हुए अपने टेंट में वापस चले गए। लेकिन मैंने नरम पड़ते हुए उनके लिए एक बढ़िया सा ऑमलेट बनाया, सिंहपर्णी

की पत्तियों से उसे सजाया और एक अतिरिक्त हरी मिर्च डालकर उनके पास ले गया।

''मैंने ऐसा ऑमलेट पहले कभी नहीं खाया है।'' मि. ऑलिवर ने चटकारा लेते हुए स्वीकार किया, ''तीखा थोड़ा ज्यादा है, लेकिन स्वाद बहुत मजेदार है।''

''आपके लिए एक और बना दूँ, सर?''

''कल बॉण्ड, कल। सुबह हम जल्दी नाश्ता करेंगे।''

लेकिन हमें अपना कैंप अगले दिन बहुत जल्दी समेटना पड़ा। भोर में एक भालू घूमता हुआ हमारे कैंप में आ गया और उस जगह पहुँच गया, जहाँ हमारा राशन रखा हुआ था। उसने वहाँ सबकुछ तहस-नहस कर दिया और खाने-पीने की सारी चीजें बरबाद कर दीं, यहाँ तक कि हमारी सबसे बड़ी देगची भी पहाड़ से नीचे लुढ़का दी।

इसके बाद के हंगामे और शोरगुल के बीच भालू मि. ऑलिवर के टेंट में घुस गया (खुशकिस्मती से वह बाहर आ चुके थे) और जब वहाँ से निकला तो उनके ड्रेसिंग गाउन में फँसा हुआ था। फिर वह जंगल की दिशा में चला गया।

एक भालू ड्रेसिंग गाउन में? बहुत हास्यास्पद दृश्य था। और हालाँकि हम सब बहादुर बालचर थे, फिर भी हमने यही सोचा कि ड्रेसिंग गाउन भालू के पास ही रहने दिया जाए तो बेहतर होगा।

□

कड़वे करौंदे

अपनी युवावस्था में दादाजी ने कुछ साल बर्मा में बिताए थे और यह वहाँ के उन किस्सों में से एक है, जो वे हमें सुनाया करते थे।

यह कहानी एक साँप और करौंदों के बारे में है; लेकिन इसमें और भी बहुत कुछ है, इसलिए शांति से बैठ जाओ। बीच में टोकना मत और कोई सवाल मत पूछना। सुन रहे हो? हाँ, तो सुनो। एक बार की बात है, एक साँप था, जो करौंदे की झाड़ी में रहता था। रोज रात को वह एक सुंदर राजकुमार में बदल जाता था। अब यह कोई बड़ी बात नहीं है। ऐसा तो होता रहता है, खास तौर से बर्मा में, जहाँ वैसे भी हर कोई सुंदर होता है। लेकिन एक कहानी तब तक सफल नहीं होती, जब तक उसमें कोई औरत न हो। इसलिए इसमें भी एक औरत थी, जो बाँस के एक छोटे से घर में रहती थी। उसके घर के बरामदे में ऑर्किड्स लटके हुए थे। उसकी तीन बेटियाँ थीं, जिनके नाम थे—मा ग्यी, मा लात और मा न्गे। तीनों में से मा न्गे सबसे छोटी, सबसे अच्छी और सबसे सुंदर थी, क्योंकि जब तक एक लड़की में ये तीनों चीजें न हों, कहानी सफल नहीं हो सकती।

हाँ, तो एक दिन मा न्गे की माँ को जंगल से करौंदे लाने के लिए जाना था। वे करौंदे कड़वे होते थे। बर्मी औरतें उन्हें 'जि ब्यू थी' कहती हैं और मीठे करौंदों से ज्यादा पसंद करती हैं। मा न्गे की माँ अपने साथ डलिया लेकर गई थी और जैसे ही उसने करौंदे बीनने शुरू किए, झाड़ी

में रहनेवाला साँप फुफकारने लगा; जैसे कह रहा हो, दूर रहो! यह वही साँप था, जो रात को राजकुमार बन जाता था; लेकिन उस समय तो धूप खिली हुई थी—और वैसे भी, बर्मी औरतें साँपों से नहीं डरतीं। और फिर' साँप को याद आया कि यह औरत तो तीन बेटियों की माँ थी और उसे उसकी बेटियों से बहुत लगाव था, इसलिए उसने उसे वहाँ से भगाने का विचार त्याग दिया और पहले उसके बोलने का इंतजार करने लगा, क्योंकि वह एक औरत थी और औरतें व्यापार करने में माहिर होती हैं।

उस औरत ने कहा, ''कृपया मुझे एक करौंदा दे दो।''

औरतों को हमेशा कुछ-न-कुछ चाहिए होता है। यह उनके व्यापारिक ज्ञान का हिस्सा होता है।

लेकिन साँप ने मना कर दिया। उसे याद आ गया था कि वह एक राजकुमार है और राजकुमारों को किसी बात के लिए 'हाँ' नहीं कहना चाहिए; कम-से-कम फौरन तो नहीं। ये उसूल की बात थी।

फिर उस औरत ने कहा, ''यदि तुम्हें मेरी सबसे बड़ी बेटी पसंद है तो मुझे एक करौंदा दे दो।''

साँप को मा ग्यी की परवाह नहीं थी, क्योंकि वह जानता था कि उसका गुस्सा बहुत तेज था। फिर भी, उसने अपने उसूल की खातिर उसे एक करौंदा दे दिया। मा ग्यी की औकात एक करौंदे जितनी ही है, उसने अपने आप से कहा।

लेकिन दुनिया भर की औरतें, बर्मा से बरमुडा और उससे भी आगे तक, किसी भी चीज के एक ही मिलने से संतुष्ट नहीं होतीं। इसलिए उसने कहा, ''अगर तुम्हें मेरी दूसरी बेटी मा लात पसंद है तो मुझे एक और करौंदा दे दो।''

राजकुमार जानता था कि मा लात भेंगी है, लेकिन वह किसी की भावनाएँ आहत नहीं करना चाहता था, इसलिए उसने उसे एक और करौंदा

दे दिया। इस बात से प्रोत्साहित होकर उसने कहा, "और अगर तुम्हें मेरी सबसे छोटी बेटी मा न्गो पसंद है तो मुझे एक और करौंदा दे दो।"

यह सुनकर साँप ऊपर से नीचे तक इतनी जोर से काँपने लगा कि झाड़ी पर से सारे करौंदे नीचे गिर पड़े; क्योंकि वह जानता था कि मा न्गो सबसे छोटी, सबसे अच्छी और सबसे सुंदर थी। उस औरत ने सारे करौंदे बीनकर अपनी डलिया में भर लिये और अपने घर ले गई; क्योंकि वह करौंदे कड़वे थे (जिब्यू थी) और क्योंकि उसकी व्यापार करने की क्षमता अद्भुत थी।

रास्ते में उसे एक साइनपोस्ट दिखा तो उसने एक करौंदा देकर उससे कहा, "अगर कोई साँप आकर तुमसे पूछे कि मैं किस दिशा में गई हूँ, तो उसे बताना मत, बल्कि उलटी दिशा में इशारा कर देना।" उसने ऐसा इसलिए कहा, क्योंकि वह जानती थी कि साइनपोस्ट बिलकुल उसका उलटा करेगा।

फिर वह चलती गई और रास्ते में पड़नेवाले दो और साइनपोस्टों से उसने यही बात कही (श्रेष्ठ कहानियों में हर बात तीन बार होनी जरूरी होती है) और सभी साइनपोस्टों ने एक ही काम किया, जो था साँप को सही रास्ता दिखाना, क्योंकि हर साइनपोस्ट का यही काम होता है।

साँप को उस औरत के पीछे-पीछे उसके घर तक पहुँचने में ज्यादा परेशानी नहीं हुई। वह एक बड़ी सी बरनी में छुप गया और जब वो कुछ लेने के लिए वहाँ आई तो सरककर बाहर निकल आया और उसकी बाँह से ऐसे लिपट गया जैसे उसका भावी दामाद हो।

"यदि तुम मेरी बेटी मा ग्यी से प्यार करते हो तो मुझे जाने दो।" भयभीत होने का नाटक करते हुए वह चिल्लाई। (वह अच्छी तरह जानती थी कि साँप असल में एक राजकुमार था।)

लेकिन साँप उसकी बाँह से लिपटा रहा, क्योंकि वह मा ग्यी से प्यार नहीं करता था, जिसका गुस्सा बहुत तेज था।

"यदि तुम मा लात से प्यार करते हो तो मुझे जाने दो!"

लेकिन साँप ने उसे नहीं छोड़ा। हालाँकि उसे भेंगी लड़कियों से कोई व्यक्तिगत समस्या नहीं थी, लेकिन उसे एक भेंगी लड़की द्वारा खुद को घूरे जाने का खयाल पसंद नहीं आ रहा था।

और फिर (क्योंकि हर चीज तीन बार होनी चाहिए) वह चीखी, "यदि तुम मेरी बेटी मा न्गी से प्यार करते हो तो मुझे छोड़ दो!"

साँप बेहोश होकर नीचे गिर पड़ा। और चूँकि अचानक रात भी हो गई थी, इसलिए लड़कियों की माँ को साँप के बदले राजकुमार नजर आया, जो उसकी सबसे छोटी बेटी के प्यार में डूबा हुआ था और उससे शादी करना चाहता था। उसने बिना समय बरबाद किए राजकुमार की शादी मा न्गी से कर दी।

यही कहानी का अंत होना चाहिए था। लेकिन बर्मा में कहानियाँ खत्म नहीं होतीं वे हमेशा चलती रहती हैं। इसलिए कभी-कभी उन्हें छापने में परेशानी होती है। साँप इस तिलिस्म को तोड़ने के लिए कुछ करना चाहता था, क्योंकि कुछ ही समय बाद मा न्गी को ऐसे राजकुमार से शादी होने पर खीज होने लगी, जो रात को तो उसका पति होता था और दिन में एक साँप! वह कहने लगी कि उसे दिन में भी अपने साथ एक पुरुष ही चाहिए था। और आखिरकार उसी ने वह तिलिस्म तोड़ा, क्योंकि अपनी माँ की तरह उसके पास भी अद्भुत व्यापारिक बुद्धि थी। उसने सिर्फ इतना किया कि अपने पति के लिए एक नौकरी ढूँढ़ दी और इसी बात से साँप को इतना बड़ा झटका लगा कि तिलिस्म टूट गया। जिंदगी में पहली बार राजकुमार से कोई काम करने की अपेक्षा की गई थी। और इस बात से वह इतना हिल गया था कि खुद को साँप के रूप में बदलना ही भूल गया।

लेकिन राजकुमार काम बहुत मन लगाकर करता था और कभी-कभी तो काम में इतना डूब जाता था कि उसकी पत्नी बहुत अकेलापन

महसूस करती थी। वह नहीं जानती थी कि उसके मालिकों ने उसे एक सुंदर सेक्रेटरी दे रखी है और यही बात उसे देर तक काम करने के लिए प्रोत्साहित करती है। इसलिए, जब वह देर से घर लौटता और खाना खाकर सीधे सोने चला जाता तो वह उससे झगड़ा करती और अपनी उपेक्षा करने के लिए उससे शिकायत भी करती।

एक सुबह वह उसकी खिटपिट से इतना परेशान हो गया कि उसे अचानक वह तिलिस्म याद आ गया और उसने तुरंत अपने आपको एक बड़े से साँप के रूप में बदल लिया।

साँप बनने के बाद पहले उसने अपनी पत्नी के पैर निगलने शुरू किए। मा न्गे ने अपनी माँ को पुकारा। लेकिन माँ ने कहा, ''ये कोई चिंता की बात नहीं है।''

'इसने मेरा घुटना भी निगल लिया है।'' बेचारी मा न्गे ने रोते हुए कहा।

''परेशान मत हो, डियर।'' उसकी माँ ने बगल के कमरे से खाना बनाते हुए कहा। एक प्रेमातुर पति क्या-क्या कर सकता है, यह कोई नहीं जानता।

''इसने मेरी गरदन भी निगल ली है।''

अब माँ को लगा, बात बहुत आगे जा रही है। और जब उसे अपनी बेटी की आवाज सुनाई देनी बंद हो गई तो वह दौड़कर कमरे में आई और उसका सामना साँप से हुआ, जो मा न्गे को पूरी तरह निगल चुका था।

उसने क्रोधित होकर साँप से कहा, ''फौरन छोड़ दो उसे।''

''मैं इसे तभी छोड़ूँगा, जब तुम मेरी सारी शर्तें मानोगी।'' साँप ने कहा, पहली शर्त, मेरी जब भी इच्छा होगी, मैं साँप का रूप धारण करूँगा। दूसरी बात, मैं एक असली राजकुमार की तरह रहूँगा और तभी काम पर जाऊँगा, जब मेरा मन करेगा। अगर मैं भी दूसरे लोगों की तरह

ऑफिस से थका-हारा आऊँगा तो तुम्हारी बेटी मुझसे प्यार कैसे करेगी? तुम्हें दामाद के रूप में एक राजकुमार चाहिए था, जो तुम्हें मिल गया। अब तुम्हें मुझको राजकुमार की तरह ही रहने देना चाहिए।''

माँ ने उसकी सारी शर्तें मान लीं और उसने अपनी पत्नी को मुँह से बाहर उगल दिया। उस दिन से दोनों औरतें घर के सारे काम करतीं और वह बरामदे में लटकते आर्किड के नीचे बैठकर कड़वे करौंदों से बनी बीयर पीता रहता।

''क्या आप करौंदे की बीयर बनाना जानते हैं?'' कहानी खत्म होने पर मैंने दादाजी से पूछा।

''बिलकुल जानता हूँ।'' दादाजी बोले, ''जिस दिन तुम्हारी दादी इजाजत देंगी, मैं करौंदे की बीयर, बेर की वाइन, सेब की मदिरा और एक जिन टॉनिक भी बनाऊँगा।''

लेकिन दादी ने इजाजत नहीं दी। जब से अंकल केन अधिक शराब पी लेने की वजह से नाली में गिर गए थे, हमारे घर में शराब पर प्रतिबंध लग गया था।

□

अंकल केन के पंखवाले दुश्मन

अंकल केन संतुष्ट और अपनी जिंदगी से खुश लग रहे थे। उन्होंने अभी-अभी किशमिशवाले बन का बड़ा सा टुकड़ा खाया था (जिसमें ढेर सारा मक्खन लगा था और स्ट्रॉबेरी जैम भी भरा हुआ था) और दूसरा टुकड़ा खाने जा ही रहे थे कि अचानक साफ, नीले आसमान से एक बाज नीचे उतरा और उनके हाथ पर झपट्टा मारकर एक ट्रॉफी की तरह बन लेकर उड़ गया।

अंकल केन का समय बहुत खराब चल रहा था। वे सताए जा रहे थे—अपनी बहनों या बाकी दुनिया द्वारा नहीं, बल्कि हमारे परिसर में रहनेवाले पक्षियों द्वारा।

यह सब तब शुरू हुआ जब एक दिन उन्होंने अपनी हवाई गन से शोर मचाते कौओं के एक झुंड पर गोलियाँ चला दीं और उनमें से एक कौआ निष्प्राण होकर बरामदे की सीढ़ियों पर गिर गया।

कौओं ने इस बात के लिए उन्हें कभी माफ नहीं किया।

वे जैसे ही घर से बाहर निकलते, कौए उनपर टूट पड़ते। दस-पंद्रह शोर मचाते कौओं का झुंड अपने पंख फड़फड़ाते हुए और चोंचें बाहर निकाले हुए नीचे आता, उनकी हैट गिराता और उनके हाथों पर पंजे मारता। यदि अंकल केन को अहाते से बाहर जाना होता तो वे छिपकर पीछेवाले बरामदे से निकलते, फुरती से अपनी साइकिल पर सवार होते और तेजी से पैडल मारते हुए गेट से बाहर मेन रोड तक

पहुँच जाते। फिर भी दो या तीन क्रोधित कौए उनका तब तक पीछा करते, जब तक कि वे उनके इलाके से पूरी तरह बाहर न निकल जाते।

यह उत्पीड़न दो-तीन हफ्ते तक चलता रहा और फिर परेशान होकर अंकल केन ने अपना भेस बदल लिया। उन्होंने नकली दाढ़ी लगाई, हिरण के शिकारियों जैसा कैप पहना (जैसा शरलॉक होम्स पहनता था), एक लंबा व काला चोगा पहना (काउंट ड्रैकुला की तरह) और दादाजी के घुड़सवारी के पुराने जूते पहने। इस प्रकार सज-धज के वे घर के बाहर चक्कर काटने लगे। उन्हें देखकर दादाजी से मिलने आईं दो बुजुर्ग महिलाएँ डर भी गईं। कौए भी उन्हें देखकर चकरा गए और उनके पास नहीं फटके। लेकिन दादी का पालतू कुत्ता क्रेजी उन्हें देखकर जोर-जोर से भौंकने लगा—और उनका चोगा भी उसने अपने दाँतों में दबोच लिया—और तब तक नहीं छोड़ा, जब तक मैं उनकी मदद के लिए नहीं पहुँच गया।

आम का मौसम आने वाला था और हम सब इन गरमियों में अपने बाग के आमों का स्वाद चखने का इंतजार कर रहे थे।

हमारे अहाते में आम के तीन-चार पेड़ थे और अंकल केन उन्हें बंदरों, तोतों, फ्लाइंग फॉक्स (लोमड़ी जैसी शक्लवाला बड़ा सा चमगादड़, जो फल खाकर जीता है) और अन्य फल खानेवाले जीव-जंतुओं से बचाने के प्रति विशेष रूप से चिंतातुर थे। उनका अपना एक प्रिय आम का पेड़ था, जिसके नीचे वे रोज दोपहर को एक खटिया बिछा लेते और जैसे ही उन्हें कोई पंख या फरवाला घुसपैठिया पेड़ के पास दिखता, वे अपने मुँह में एक छोटी सी तुरही डाल लेते और उसमें से तीखी व चुभनेवाली आवाज निकालते, जो इतनी तेज होती कि सब घरवालों के साथ-साथ पेड़ों के निवासियों को भी चौंका देती।

खैर, तुरही के कुछ कर्णभेदी हमले करने के बाद अंकल केन को झपकी आ जाती और लगभग एक घंटे बाद जब वे उठते तो पेड़ पर

रहनेवाले तोते, कबूतर, गिलहरियाँ और अन्य जीव-जंतु उनके ऊपर अपनी लीद से चित्रकारी कर चुके होते। दो-तीन दिन पक्षियों का ये प्रसाद ग्रहण करने के बाद अंकल केन एक बड़ी सी छतरी ले आए, ताकि ऊपर से होनेवाली इस बमबारी मे उनका बचाव हो सके।

एक दोपहर को जब वे गहरी नींद में थे (दादाजी की नींद तुरही की आवाज से खराब कर चुकने के बाद) तो दादी ने मेरा हाथ पकड़कर कहा, "तुम अच्छे बच्चे हो न! वहाँ जाकर वह तुरही ले आओ।"

मैंने वही किया, जो मुझसे कहा गया था। मैंने अंकल केन के खर्राटों के बीच उनके हाथ से तुरही सरका ली और दादी को दे दी। मुझे पक्का तो नहीं मालूम कि उन्होंने उसके साथ क्या किया, लेकिन कुछ हफ्तों के बाद, जब हमारे घर के बाहर से शादी का एक बैंड गुजरा, जिसमें तरह-तरह के ढोल-नगाड़े बज रहे थे तो मुझे लगा, मैंने अंकल केन की तुरही को पहचान लिया था। एक साँवला, अच्छी शक्ल-सूरतवाला लड़का पूरी ताकत से उसमें फूँक मार रहा था, लेकिन उसका सुर बाकी सबसे अलग जा रहा था। उस तुरही की शक्ल और आवाज अंकल केन की तुरही जैसी ही लग रही थी।

गरमी का मौसम आया और चला गया और साथ में आम भी चले गए। फिर बरसात आई। हमारे घर के पीछे का तालाब लबालब भर गया और पूरे बरामदे में मेढक फुदकते हुए दिखाई देने लगे।

एक सुबह दादाजी ने मुझे पीछेवाले बगीचे में बुलाया और फिर मुझे तालाब तक ले गए। वहाँ उन्होंने मुझे दो नए मेहमान दिखाए। रंग-बिरंगे सारसों का एक जोड़ा, जो अपनी लंबी टाँगों के सहारे पानी में चल रहा था और अपनी बड़ी सी चोंच से मछलियाँ, मेढक और जो कुछ भी पसंद आ रहा था, झपट रहा था। हमारी उपस्थिति से उन्हें कोई फर्क नहीं पड़ रहा था और हम भी उन्हें उनका काम करते देखकर संतुष्ट थे।

लेकिन अंकल केन को तो वहाँ जाकर कोई बखेड़ा खड़ा करना ही था। वे अपने कोडक बेबी ब्राउनी कैमरे से लैस होकर (उस समय उस कैमरे के प्रति लोगों में बहुत दीवानगी थी) तालाब में उतर गए (दादाजी के जूते पहनकर) और मेहमान सारसों की तसवीरें खींचने लगे।

कुछ सारस, विशेष रूप से वे जो जोड़े में घूमते हैं, एक-दूसरे के प्रति बहुत आसक्त हो जाते हैं और अकसर अनाड़ी इनसानों की तरफ से दोस्ती की पहल पसंद नहीं करते।

जब नर सारस ने अंकल केन को कुमुदिनी के फूलों से ढके पानी को चीरते हुए अपनी ओर आते देखा तो उसे उनका इरादा कुछ प्रेम संबंधी लगा। हैट और चोगे में अंकल केन को देखकर किसी को भी धोखा हो सकता था कि वह कोई हिंसक पक्षी या शुतुरमुर्ग परिवार के सदस्य हैं।

नर सारस अपने सामने किसी प्रतिद्वंद्वी को बरदाश्त नहीं कर सकता था, इसलिए मादा सारस को मछली पकड़ने के लिए छोड़कर वह आश्चर्यजनक फुरती से अंकल केन की तरफ बढ़ा, उनके ऊपर झपटा और कैमरा उनके हाथ से गिरा दिया।

अपना कैमरा नन्हे मेढकों के लिए छोड़कर अंकल केन कुमुदिनी के तालाब से बाहर भागे। गुस्से से भरा सारस भी उनके पीछे आने लगा, जिसे अंकल केन ने अपने बरामदे की सुरक्षा में पहुँचने के पहले एकाध कुंगफू की किक्स भी लगा दीं।

अंकल केन अपना कैमरा और अपनी इज्जत खोने का शोक मनाते हुए दो दिन तक उदास बैठे रहे और फिर उन्होंने घोषणा की कि वह अपनी एक आंटी के साथ कुछ दिन बिताने के लिए पांडिचेरी जा रहे हैं।

सबने राहत की साँस ली और दादाजी और मैं तो उन्हें स्टेशन तक

छोड़ने भी गए, सिर्फ यह सुनिश्चित करने के लिए कि कहीं वे अपना विचार बदलकर रात के खाने के समय घर वापस न आ जाएँ।

बाद में हमने सुना कि पांडिचेरी में उनकी छुट्टियों के दो दिन तो बहुत आराम से बीत गए, क्योंकि उनकी आंटी का घर समुद्र-तट पर था और वहाँ आस-पास पेड़ नहीं थे। उन्होंने बीच पर खूब मजे लेकर ढेर सारी आइसक्रीम खाई और फ्रेंच फ्राइज की अनगिनत प्लेटें खाईं, क्योंकि वहाँ उन्हें परेशान करने के लिए न कौए थे, न तोते, बंदर या छोटे बच्चे।

फिर एक सुबह उन्होंने बीच के पास बने एक ओपन एयर कैफे में नाश्ता करने का फैसला किया और वहाँ जाकर उन्होंने बेकन, अंडे, सॉसेज, टोस्ट, चीज और मार्मलेड— सब मँगाया।

उन्होंने अपने मक्खन लगे टोस्ट का एक टुकड़ा ही खाया था कि पता नहीं आसमान के किस कोने से एक सीगल तेजी से नीचे उतरा और एक सॉसेज लेकर उड़ गया।

अंकल केन इस झटके से उबरे भी नहीं थे कि दूसरा सीगल आया और बेकन का टुकड़ा लेकर उड़ गया।

कुछ ही सेकंड बाद तीसरा सीगल आया और बचा हुआ सॉसेज ले गया और जाते-जाते अंकल केन की पतलून पर टोस्ट और फ्राइड अंडे भी गिराता गया।

अब उनके पास सिर्फ आधा टोस्ट और थोड़ा सा मार्मलेड बचा था।

जब उन्होंने घर जाकर अपनी आंटी को सब बताया तो उन्होंने अफसोस जताया और उन्हें एक गिलास दूध व पीनट बटर सैंडविच बनाकर दे दी।

अंकल केन को दूध से चिढ़ थी और पीनट बटर सैंडविच भी बिलकुल पसंद नहीं थी, लेकिन जब उन्हें भूख लगती थी; तो वो कुछ भी खा सकते थे।

आंटी ने कहा, ''इन सीगल्स का कोई भरोसा नहीं है। ये सब मांसाहारी होते हैं। पालक और सलाद पत्ता खाया करो, तब वे तुम्हारे पास भी नहीं फटकेंगे।''

''छी!'' अंकल केन चिढ़कर बोले, ''इससे अच्छा तो मैं भी एक सीगल ही बन जाऊँ?''

□

जावा से पलायन

"यह सब कुछ ही दिनों के अंतराल में हुआ था। कैसिया के पेड़ों पर फूल आने शुरू ही हुए थे, जब बटाविया (अब जकार्ता) पर पहली बमबारी हुई। चटक गुलाबी फूल अब सड़कों पर पड़े मलबे में बिखरे दिखाई दे रहे थे।

हमें खबर मिल चुकी थी कि सिंगापुर पर जापान ने कब्जा कर लिया है। मेरे पिताजी ने कहा, "मुझे लगता है, वे लोग जावा पर भी जल्दी ही कब्जा कर लेंगे। जब ब्रिटिश पराजित हो चुके हैं तो डच कैसे जीत सकते हैं?" वह डच लोगों की आलोचना नहीं कर रहे थे। वह जानते थे कि उनके पास ब्रिटेन की तरह साम्राज्य का समर्थन नहीं था। सिंगापुर को 'पूर्व का जिब्राल्टर' कहा जाता था। उसके हार मान लेने के बाद पीछे हटने के अलावा कोई रास्ता नहीं बचता था। दक्षिण-पूर्व एशिया से यूरोपियन लोगों का व्यापक पलायन अपरिहार्य था।

वह द्वितीय विश्व युद्ध का समय था। जावानीज युद्ध के विषय में क्या सोचते थे, यह बताना अब मेरे लिए मुश्किल है, क्योंकि उस समय मैं सिर्फ नौ साल का था और देश-दुनिया के मामलों के बारे में मुझे अधिक जानकारी नहीं थी। ज्यादातर लोग जानते थे कि उनके डच शासकों के बदले अब जापानी शासक आ जाएँगे; लेकिन ऐसे लोगों की भी कमी नहीं थी, जो युद्ध समाप्त होने के बाद जावा की आजादी के सपने देखते थे।

हमारे पड़ोसी मि. हार्तोनो ऐसे ही एक व्यक्ति थे, जो भविष्य में ऐसे समय के आने की कल्पना कर रहे थे, जब जावा, सुमात्रा और अन्य द्वीप मिलकर एक स्वतंत्र देश का रूप ले लेंगे। वे एक कॉलेज प्रोफेसर थे और डच, चाइनीज, जावानीज भाषाओं के अलावा थोड़ी-बहुत अंग्रेजी भी बोल लेते थे। उनका बेटा सोनो लगभग मेरी उम्र का था। मेरे परिचितों में वह अकेला लड़का था, जो मुझसे अंग्रेजी में बात कर सकता था, इसलिए हम साथ में काफी समय बिताते थे। हमारा सबसे प्रिय शौक था पार्क में जाकर पतंगें उड़ाना।

बमबारी ने जल्दी ही हमारे पतंग उड़ाने के शौक पर विराम लगा दिया। हवाई हमले की चेतावनी दिन भर, रात भर गूँजती रहती थी। हालाँकि शुरुआत में ज्यादातर बम बंदरगाह के नजदीक गिरे, जो हमारे घर से कुछ मील की दूरी पर था, फिर भी हमें घर में बंद होकर ही रहना पड़ता था। यदि हवाई जहाज की आवाज ज्यादा पास से आती तो हम सब पलंग या टेबल के नीचे घुस जाते। मुझे याद नहीं है कि उस समय वहाँ खाइयाँ थीं या नहीं! शायद पहले किसी को खाई खोदने का समय नहीं मिला था, और अब तो सिर्फ कब्रें खोदने का समय था। घटनाएँ बहुत जल्दी-जल्दी घटित हो रही थीं और वहाँ रहनेवाले सभी लोग (सिवाय जावानीज लोगों के), जावा से बाहर निकलने के लिए बेताब हो रहे थे।

"तुम लोग कब जा रहे हो?" एक दिन जब हम हवाई हमलों में विराम के बीच बरामदे की सीढ़ियों पर बैठे थे तो सोनो ने पूछा।

"मुझे नहीं मालूम।" मैंने कहा, "ये सब मेरे पिताजी पर निर्भर करता है।"

"मेरे पिताजी कह रहे थे कि जापानी एक हफ्ते में यहाँ पहुँच जाएँगे और अगर तब भी तुम लोग यहीं रहोगे तो वे तुम्हें रेलवे के निर्माण कार्य में लगा देंगे।"

मुझे वह काम करना बुरा नहीं लगेगा।'' मैंने उसकी बात का विरोध किया।

''लेकिन वे लोग तुम्हें पेट भर खाने को भी नहीं देंगे। सिर्फ कीड़ोंवाले चावल देंगे और अगर तुम ठीक से काम नहीं करोगे तो तुम्हें गोली मार देंगे।''

''ऐसा तो वे फौजियों के साथ करते हैं।'' मैंने कहा, ''हम तो सिविलियंस (आम नागरिक) हैं।''

वे सिविलियंस के साथ भी ऐसा करते हैं।'' सोनो ने कहा।

मेरे पिताजी और मैं बटाविया में क्या कर रहे थे, जब हमारा घर पहले भारत में और फिर सिंगापुर में था? पिताजी रबर का व्यापार करनेवाली एक फर्म में काम करते थे और छह महीने पहले उन्हें एक डच कंपनी के साथ साझेदारी में नया ऑफिस खोलने के लिए बटाविया भेजा गया था। हालाँकि मैं बच्चा था, फिर भी मैं उनके साथ हर जगह जाता था। मेरी माँ की मृत्यु तभी हो गई थी, जब मैं बहुत छोटा था और तब से पिताजी ने हमेशा मेरा खयाल रखा था। युद्ध की समाप्ति के बाद वह मुझे इंग्लैंड ले जाने वाले थे।

''क्या हम युद्ध जीतने वाले हैं?''

''ऐसा लगता तो नहीं है।'' उन्होंने जवाब दिया।

नहीं, ऐसा नहीं लग रहा था कि हम जीतने वाले थे। बंदरगाह पर पिताजी के साथ खड़े-खड़े मैं सिंगापुर से शरणार्थियों से भरे जहाज आते देख रहा था। मर्द, औरतें और बच्चे—सब तपती धूप में जहाज की छत पर डेरा डाले हुए थे। सभी कमजोर, थके हुए और चिंतित लग रहे थे। वे या तो कोलंबो जा रहे थे या बंबई। बटाविया के तट पर कोई नहीं उतरा। यह ब्रिटिश इलाका नहीं था; डच था और सब जानते थे कि बहुत दिनों तक ये डच भी नहीं रहने वाला है।

''क्या हम भी यहाँ से नहीं चलेंगे?'' मैंने पूछा, ''सोनो के पिताजी

कह रहे थे, जापानी किसी भी दिन यहाँ पहुँच सकते हैं।''

''हमारे पास अभी भी कुछ दिनों का समय है'', पिताजी ने कहा। वे एक नाटे कद के गठीले शरीरवाले व्यक्ति थे, जो कभी-कभी ही उत्तेजित होते थे। वे परेशान होते थे, तो भी किसी को दिखाते नहीं थे।

''मुझे कुछ जरूरी काम निपटाने हैं, उसके बाद हम चलेंगे।''

''हम जाएँगे कैसे? उन जहाजों में तो बिलकुल जगह नहीं है।''

''हाँ, सच में नहीं है। लेकिन हम कोई-न-कोई रास्ता ढूँढ़ लेंगे, बेटा, चिंता मत करो।''

मैं चिंता नहीं कर रहा था। मुझे पूरा भरोसा था कि पिताजी इस मुश्किल से बाहर निकलने का रास्ता ढूँढ़ लेंगे। वे कहा करते थे, हर समस्या का हल कहीं-न-कहीं छुपा होता है और अगर तुम ध्यान से देखोगे तो वह तुम्हें अवश्य मिलेगा।

सड़कों पर ब्रिटिश फौजी गश्त लगाते रहते थे; लेकिन वे हमें सुरक्षा का एहसास नहीं दिला पाते थे। वे तो सिर्फ इस बात का इंतजार कर रहे थे कि सेना के जहाज आएँ और उन्हें यहाँ से ले जाएँ। ऐसा प्रतीत हो रहा था कि जावा को बचाने में किसी की भी दिलचस्पी नहीं है। हर कोई वहाँ से जल्दी-से-जल्दी बाहर निकलना चाहता था।

हालाँकि जावानीज लोग डच लोगों को ज्यादा पसंद नहीं करते थे, फिर भी उनके मन में किसी एक यूरोपियन के प्रति वैर भाव नहीं था। मैं सड़क पर बिना किसी डर के घूम सकता था। कभी-कभी चाइनीज क्वार्टर्स (सैन्य वास) से कुछ छोटे बच्चे मेरी ओर इशारा करके चिल्लाते, ''ओरंग बलंदी! (डचमैन)।'' लेकिन वे ऐसा खेल-खेल में करते थे और मुझे उनकी भाषा इतनी अच्छी तरह नहीं आती थी कि मैं उन्हें समझा पाऊँ कि अंग्रेज डच नहीं होते। उनके लिए सभी गोरे एक समान होते थे और यह बात समझ में भी आती थी।

मेरे पिताजी का ऑफिस नहर के किनारे व्यावसायिक क्षेत्र में था।

उससे दो मील दूर हमारा दो मंजिला घर था—एक पुरानी सी इमारत, जिसकी छत लाल पत्थरों की बनी थी और चौड़ी सी बालकनी के दोनों किनारों पर पत्थर के ड्रैगन थे। हमारे बगीचे में लगभग पूरे साल फूल खिले रहते थे। बटाविया में यदि कोई चीज बमबारी से अधिक नियमित थी तो वह थी बारिश, जो लगभग रोज दोपहर को छत से होती हुई नीचे केले के पत्तों पर गिरती थी। जावा की गरम, तपती दोपहरों में बारिश का हमेशा स्वागत होता था।

बटाविया में विमानभेदी बंदूकें नहीं थीं। कम-से-कम हमने तो उनके वहाँ होने के बारे में नहीं सुना था।··· और जापानी बमवर्षक अपनी मरजी से आते थे और दिन-दहाड़े बम गिराकर चले जाते थे। कभी-कभी बम शहर में भी गिर जाते थे। एक दिन मेरे पिताजी के ऑफिस के बगलवाली इमारत पर बम सीधे आकर गिरा और इमारत टूटकर नदी में गिर गई। वहाँ काम करनेवाले बहुत से कर्मचारी मारे गए।

स्कूल बंद हो गए। सोनो और मेरे पास करने के लिए कुछ नहीं था, इसलिए हम घर में रहकर डाटर्स या कैरम खेलते, कालीन पर कुश्ती लड़ते या ग्रामोफोन पर गाने सुनते। हमारे पास ग्रेसी फील्ड्स, हैरी लॉडर, जॉर्ज फॉर्म्बी और आर्थर ऐस्की के रिकॉड्र्स थे, जो वर्ष 1940 की शुरुआत के लोकप्रिय ब्रिटिश गायक थे। आर्थर ऐस्की का एक गाना था, जिसके शब्द एडोल्फ हिटलर का मजाक उड़ाते थे—'एडोल्फ, वी आर गौना हैंग अप योर वॉशिंग ऑन द सीजफ्राइड लाइन, इफ द सीजफ्राइड लाइन इज स्टिल देयर!' हम यह सोचकर खुश हो जाते थे कि ब्रिटेन के लोग युद्ध जीतने के प्रति आश्वस्त थे।

एक दिन सोनो ने कहा, "बम बटाविया में गिर रहे हैं, गाँव की तरफ नहीं। क्यों न हम साइकिल लेकर शहर से बाहर चलें!"

मुझे उसका प्रस्ताव पसंद आ गया। सुबह के ऑल क्लियर (सब ठीक है) अलार्म के बाद हम अपनी साइकिलों पर सवार होकर शहर से

बाहर की ओर निकल पड़े। मैंने साइकिल किराए पर ली थी, लेकिन सोनो के पास उसकी अपनी साइकिल थी। वह साइकिल उसके पास 5 वर्ष की उम्र से थी और उसे आएदिन मरम्मत की जरूरत पड़ती रहती थी। ''इस साइकिल की आत्मा इसे छोड़कर चली गई है।'' वह कहा करता था।

हम दोनों के पिताजी काम पर गए थे। सोनो की माँ बाजार गई थी (हवाई हमले के दौरान वह सबसे सुरक्षित दुकान में पनाह ले लेती थी) और एक घंटे से पहले वापस नहीं आने वाली थी। हमारा अंदाजा था कि हम लंच (दिन के भोजन) से पहले वापस आ जाएँगे।

हम जल्दी ही शहर से बाहर पहुँच गए—एक ऐसी सड़क पर, जो चावल के खेतों, अनानास के बागों और सिनकोना के बागानों से होकर गुजरती थी। हमारी दाईं ओर गहरे हरे पहाड़ थे; बाईं ओर नारियल के पेड़ों की कतारें और उनके आगे समुद्र। चावल के खेतों में बहुत सी औरतें और मर्द काम कर रहे थे, जिनके पैर घुटनों तक मिट्टी से नहाए हुए थे। चिलचिलाती धूप से बचने के लिए उन्होंने चौड़े किनारेवाले हैट पहने हुए थे। कहीं-कहीं एकाध भैंस कीचड़ भरे मटमैले पानी में बैठी दिखाई दे रही थी। एक भैंस की पीठ पर एक नंगा लड़का पसरा हुआ था।

हमने नारियल के पेड़ों के बीच का ऊबड़-खाबड़ रास्ता चुना। नारियल के पेड़ समुद्र के किनारे तक लगे हुए थे। अपनी साइकिलें पथरीली जमीन पर छोड़कर हम रेतीले बीच पर दौड़ते हुए छिछले पानी में कूद गए।

''पानी में ज्यादा आगे मत जाना!'' सोनो ने चेतावनी दी, ''वहाँ शार्क्स हो सकती हैं।''

पानी में पत्थरों पर चलते हुए हमने अच्छे-अच्छे शंख खोजे और फिर एक बड़े से पत्थर पर बैठकर समुद्र को देखने लगे, जिसके स्वच्छ व नीले पानी में एक जहाज शांति से आगे बढ़ रहा था। यह कल्पना

करना मुश्किल था कि आधी दुनिया में युद्ध छिड़ा हुआ था और बटाविया, जो इस जगह से सिर्फ दो या तीन मील की दूरी पर था, युद्ध के बिलकुल बीच में था।

घर वापस लौटते समय हमने चावल के खेतों के बीच से एक छोटा रास्ता लेने का फैसला किया; लेकिन कुछ ही दूर जाने पर हमें पता चला कि हमारी साइकिलों के टायर कीचड़ में फँस गए थे। इस वजह से हमें घर लौटने में देर हो गई। ऊपर से हम रास्ता भी भूल गए और शहर के ऐसे इलाके में पहुँच गए, जिससे हम अनजान थे। हम शहर में घुसे ही थे कि सायरन की आवाज आने लगी और कुछ ही देर में हवाई जहाज के इस दिशा में आने की भी।

''क्या हम साइकिल से उतरकर कहीं पनाह ले लें?'' मैंने सोनो को आवाज लगाकर पूछा।

''नहीं, जल्दी से घर चलते हैं!'' सोनो चिल्लाकर बोला, ''बम यहाँ नहीं गिरेंगे।''

लेकिन वह गलत सोच रहा था। हवाई जहाज काफी नीचे उड़ रहे थे। मैंने एक पल के लिए नजरें उठाईं तो देखा, एक भयावह जापानी लड़ाकू बमवर्षक ने सूरज को ढका हुआ है। हम पूरी ताकत से पैडल मारने लगे; लेकिन हम मुश्किल से पचास गज आगे ही बढ़े होंगे कि हमारी दाईं ओर के कुछ मकानों के पीछे एक भीषण विस्फोट हुआ। दहशत के मारे हमारी साइकिलें सड़क पर गोल-गोल घूमने लगीं और हम नीचे गिर पड़े। हमारी साइकिलें जैसे विस्फोट के प्रभाव में आकर एक दीवार से टकरा गईं।

मुझे अपने हाथों में तेज जलन महसूस हो रही थी, जैसे मुझे सैकड़ों छोटे-छोटे कीड़ों ने काट लिया हो। मेरे शरीर पर कई जगह खून की बूँदें दिखाई देने लगीं। सोनो भी पेट के बल रेंगते हुए मेरी ओर बढ़ रहा था। मैंने देखा, उसके भी माथे और हाथों पर मेरे जैसी खरोंचें लगी

हुई थीं, जो शायद बारूद के नन्हे कणों के उड़ने से लगी थीं।

हम जल्दी से उठकर खड़े हो गए और अपने घर की दिशा में भागने लगे। हमारी मुड़ी-तुड़ी साइकिलें लावारिस सी सड़क पर ही पड़ी रहीं।

"तुम दोनों सड़क से अलग हटो!" किसी ने खिड़की से पुकारकर हमें चेतावनी दी। लेकिन हम तब तक दौड़ते रहे, जब तक घर नहीं पहुँच गए और इतना तेज दौड़े, जितना हम जिंदगी में कभी नहीं दौड़े थे।

मेरे पिताजी और सोनो की माँ और पिताजी खुद भी हमें खोजते हुए सड़क पर भाग रहे थे, जब हम दौड़ते हुए आकर उनकी बाँहों में गिर पड़े।

"कहाँ थे तुम दोनों?"

"क्या हुआ तुम दोनों को?"

"ये खरोंचें कहाँ से लगीं तुम्हें?"

सब निरर्थक से प्रश्न थे, लेकिन इससे पहले कि हम साँस लेकर कुछ बताते, हमें उठाकर अपने अपने घर ले जाया गया। पिताजी ने मेरी खरोंचें और चोटें साफ कीं, मेरे चिल्लाने पर ध्यान न देते हुए मेरे चेहरे और पैरों पर आयोडीन लगाया और फिर मेरे पूरे चेहरे पर प्लास्टर चिपका दिया।

सोनो और मैं बुरी तरह डर गए थे और उस दिन के बाद कभी घर से दूर नहीं गए।

उस रात पिताजी ने कहा, "मुझे लगता है, हम एक-दो दिन में यहाँ से निकल सकते हैं।"

"क्या दूसरा जहाज आ गया है?"

"नहीं।"

"फिर हम कैसे जाएँगे? प्लेन से?"

"थोड़ा इंतजार करो, बेटा। अभी कुछ तय नहीं हुआ है। लेकिन

हम अपने साथ ज्यादा सामान नहीं ले जा पाएँगे···सिर्फ उतना ही ले जाएँगे, जितना दो एयरबैग्स में आ जाए।''

''और स्टैंप कलेक्शन का क्या होगा?''

मेरे पिताजी का स्टैंप कलेक्शन (डाक टिकटों का संग्रह) काफी कीमती था और कई खंडों में था।

''बदकिस्मती से हमें उसका बड़ा हिस्सा यहीं छोड़कर जाना पड़ेगा।'' उन्होंने कहा, ''मैं मि. हार्तोनो से उसे सँभाल के रखने की विनती करूँगा और जब युद्ध समाप्त हो जाएगा—अगर समाप्त हुआ—तो हम आकर उसे ले जाएँगे।''

''लेकिन हम एक या दो एलबम तो अपने साथ ले जा सकते हैं न?''

''एक ले चलेंगे। हमारे पास एक की ही जगह होगी। और अगर हमें बॉम्बे में पैसों की जरूरत होगी तो हम स्टैंप्स बेच देंगे।''

''बॉम्बे? वो तो इंडिया में है। मुझे लगा, हम इंग्लैंड वापस जा रहे हैं।''

''पहले हमें इंडिया जाना पड़ेगा।''

अगली सुबह मैंने सोनो को बगीचे में अपने जैसे ही प्लास्टर चिपकाए हुए देखा। उसकी भी एक टाँग में बैंडेज बँधा हुआ था। फिर भी वह हमेशा की तरह प्रसन्नचित्त लग रहा था और मुझे देखते ही उसके चेहरे पर चिर-परिचित मुसकान आ गई।

''हम कल जा रहे हैं।'' मैंने कहा।

उसके चेहरे से मुसकान गायब हो गई।

''तुम चले जाओगे तो मुझे बहुत दुःख होगा।'' सोमो ने कहा, ''लेकिन मुझे खुशी भी होगी, क्योंकि तुम जापानियों से बच जाओगे।''

''युद्ध समाप्त होने के बाद मैं वापस आ जाऊँगा।''

''हाँ, जरूर आना। और फिर, जब हम बड़े हो जाएँगे तो साथ में

दुनिया की सैर करेंगे। मैं इंग्लैंड और अमेरिका, अफ्रीका और इंडिया और जापान—सब देखना चाहता हूँ। मुझे हर जगह जाना है।''

''हम हर जगह नहीं जा सकते।''

''बिलकुल जा सकते हैं। हमें कोई नहीं रोक सकता।''

अगली सुबह हमें बहुत जल्दी उठना था। हमने अपना सामान रात को देर तक जागकर बाँध लिया था। हम अपने साथ कुछ कपड़े, पिताजी के ऑफिस के कुछ कागजात, एक जोड़ी दूरबीन, एक स्टैंप एलबम और कुछ चॉकलेट्स ले जा रहे थे। मुझे चॉकलेट्स और स्टैंप एलबम ले जाने की खुशी तो थी, लेकिन मुझे अपनी बहुत सी प्रिय चीजें छोड़नी भी पड़ रही थीं—अपनी प्रिय किताबें, ग्रामोफोन और रिकॉर्ड्स, एक पुरानी समुराई तलवार, एक ट्रेन सेट और एक डार्टबोर्ड। मुझे संतोष इस बात का था कि वह सारा सामान किसी अजनबी के पास नहीं, बल्कि सोनो के पास रहने वाला था।

भोर की पहली किरण के साथ एक ट्रक हमारे घर के सामने आकर रुका। उसे एक डच व्यापारी मि. हूकेंस चला रहे थे, जो मेरे पिताजी के साथ काम करते थे। सोनो पहले से ही 'गुडबाय' कहने के लिए गेट पर खड़ा था।

''मेरे पास तुम्हारे लिए एक तोहफा है।'' उसने कहा।

फिर उसने मेरा हाथ पकड़ा और मेरी हथेली में एक चिकनी, ठोस चीज रख दी। मैंने उसे पकड़ लिया और रोशनी के सामने लाकर देखा। वह एक नन्हा, खूबसूरत 'सी हॉर्स' (समुद्री घोड़ा) था, हलके नीले जेड (एक कीमती पत्थर) का बना हुआ।

''ये तुम्हारे लिए अच्छी किस्मत लेकर आएगा।'' सोनो ने कहा।

''थैंक यू।'' मैंने कहा, मैं इसे हमेशा अपने पास रखूँगा।''

और मैंने वह नन्हा 'सी हॉर्स' अपनी जेब में रख लिया।

''चलो, अंदर बैठो, बेटा।'' पिताजी ने कहा और मैं आगे की सीट

पर उनके और मि. हूकेंस के बीच में बैठ गया।

जब ट्रक का इंजन चालू हुआ तो मैंने मुड़कर सोनो की ओर हाथ हिलाया। वह मुसकराता हुआ अपने बगीचे की दीवार पर बैठा था। उसने मुझे पुकारकर कहा, ''हम सब जगह जाएँगे, हमें कोई नहीं रोक पाएगा।''

जब ट्रक सड़क के अंत तक पहुँच गया, तब भी वह अपना हाथ हिला रहा था।

हमारा ट्रक बटाविया की सूनी, शांत सड़कों पर जले हुए ट्रक और ध्वस्त इमारतों को पार करता हुआ बढ़ रहा था। कुछ समय बाद हम उस सोते हुए शहर को काफी पीछे छोड़कर वनाच्छादित पहाड़ियों पर चढ़ रहे थे। रात को बारिश हुई थी और जब हरियाली से भरी पहाड़ियों के ऊपर सूरज की किरणें पड़ रही थीं, तो पेड़-पौधों की गीली पत्तियाँ चमक रही थीं। जंगल की रोशनी गहरे हरे रंग से बदलकर हरियाली लिये सुनहरे रंग की हो गई थी और कहीं-कहीं पर खिले तुरही के आकार के फूलों के रंग के कारण सुर्ख लाल या नारंगी भी। उन सभी अद्‌भुत फूलों और पौधों के नाम जान पाना असंभव था। वो सड़क एक घने ट्रॉपिकल फॉरेस्ट (उष्णकटिबंधीय वन) के बीच से रास्ता काटकर बनी थी और उसके दोनों ओर पेड़ जैसे धूप पाने के लिए एक-दूसरे को धक्का दे रहे थे। लेकिन उन्हें उन लताओं और बेलों ने जकड़ रखा था, जो उन संघर्षरत पेड़ों पर अपने आहार के लिए निर्भर थीं।

कभी-कभी कोई जेलारंग (जावा में पाई जानेवाली एक बड़ी गिलहरी) ट्रक की आवाज से भयभीत होकर पेड़ों के बीच से निकलकर आती और फिर वन की गहराई में गायब हो जाती। हमने बहुत से पक्षी देखे—मोर, जंगलफाउल और एक बार सड़क के किनारे शान से खड़ा कलगीदार कबूतर भी देखा, जिसका विशाल आकार और शानदार कलगी इतनी दूर से भी हमें मंत्रमुग्ध कर रहे थे। मि. हूकेंस ने ट्रक की गति

धीमी कर दी, ताकि हम उस अद्‌भुत पक्षी को अच्छी तरह देख सकें। उसने अपना सिर झुकाया तो उसकी कलगी जमीन को स्पर्श करने लगी; फिर उसने अपने मुँह से टर्की की आवाज के बजाय एक धीमी, खोखली सी आवाज निकाली।

जब हम एक छोटी सी 'क्लीयरिंग' (वन में एक साफ व खाली स्थान) पर पहुँचे तो नाश्ता करने के लिए रुक गए। उसके आस-पास काली, हरी, सुनहरी तितलियाँ मँडरा रही थीं। वन का सन्नाटा सिर्फ हवाई जहाजों की आवाज से भंग हो रहा था। उन जापानी लड़ाकू विमानों की आवाज से, जो शायद बटाविया या कहीं और बमबारी करने जा रहे थे। मुझे सोनो का खयाल आ गया और मैं सोचने लगा कि वह घर पर क्या कर रहा होगा? शायद ग्रामोफोन पर गाने सुन रहा होगा।

हमने उबले अंडे खाए, थरमस में से चाय पी और एक बार फिर ट्रक में बैठकर अपने सफर पर चल दिए।

शायद उसके बाद मुझे नींद आ गई थी, क्योंकि जो अगली चीज मुझे याद है, वह यह है कि हम तेजी से एक ढलवाँ एवं घुमावदार सड़क पर जा रहे थे और मुझे दूर एक शांत, नीली खाड़ी नजर आ रही थी।

"हम फिर समुद्र के पास पहुँच गए।" मैंने कहा।

"तुम ठीक कह रहे हो" मेरे पिताजी ने कहा, "लेकिन अब हम बटाविया से लगभग सौ मील दूर आ चुके हैं, द्वीप के दूसरे हिस्से में। तुम जिसे देख रहे हो, वो सुंदा स्ट्रेट्स है।"

फिर उन्होंने खाड़ी के पानी में खड़ी हुई एक चमकीली सफेद चीज की ओर इशारा किया।

"वह रहा हमारा जहाज उन्होंने कहा।

"सी प्लेन (समुद्री विमान)!" मैंने उत्साहित होकर कहा, "मुझे तो अंदाजा भी नहीं था।"

''ये हमें क़हाँ ले जाएगा?''

''शायद बॉम्बे। मुझे ऐसी उम्मीद है। हमारे पास ज्यादा जगहें बची कहाँ हैं जाने के लिए!''

वह एक बहुत पुराना सी प्लेन था कोई भी, उसका कप्तान—उसके पायलट को कप्तान कहा जाता था—भी इस बात का दावा नहीं कर सकता था कि वह टेक ऑफ कर पाएगा! मि. हूकेंस हमारे साथ नहीं आ रहे थे। उन्होंने बताया कि प्लेन अगले दिन उनके लिए वापस आने वाला था। मेरे पिताजी तथा मेरे अलावा चार और यात्री थे और एक के अलावा सभी डच थे। वह अकेला यात्री लंदन का था, एक मोटर मेकैनिक, जो जावा में तब छूट गया था, जब उसकी टुकड़ी को वहाँ से बचाकर निकाला गया था। (उसने बाद में हमें बताया कि उसे चीनी आवास में एक बार नींद आ गई थी और कुछ घंटों बाद वह उठा तो उसे पता चला, उसकी रेजिमेंट (सैन्य दल) वहाँ से निकल चुकी थी।) वह कुछ अस्त-व्यस्त सा लग रहा था। उसकी शर्ट का ऊपरवाला बटन टूटा हुआ था, लेकिन हमारी तरह अपना कॉलर खुला छोड़ देने के बजाय उसने एक बड़ा सा सेफ्टी पिन लगाया हुआ था, जो उसकी चटक गुलाबी टाई के पीछे से झाँक रहा था।

''आपको यहाँ देखकर मुझे राहत महसूस हो रही है, सर।'' उसने मेरे पिताजी से हाथ मिलाते हुए कहा, जैसे ही मैंने आपको देखा, मैं समझ गया कि आप यॉर्कशायर से हैं। ये हमारे सांग फ्राइड (आत्मसंयम/धैर्य) से पता चलता है। आप मेरी बात समझ रहे हैं न? (उसका मतलब था—सैंगफ्रॉइड, जो एक फ्रेंच शब्द था) अभी तक मैं इन अजीब सी भाषा बोलनेवाले विदेशियों के साथ फँसा हुआ था, जिनकी बक-बक का एक शब्द भी मेरी समझ में नहीं आ रहा है।

''आपको लगता है, ये पुराना सा टब हमें यहाँ से बचा के ले जाएगा?''

"हाँ, ये कुछ डाँवाँडोल सा लग तो रहा है।" पिताजी ने कहा, "इसे देखकर लग रहा है ये सबसे पहले बने फ्लाइंग बोट्स में से एक है। ये हमें बॉम्बे तक भी पहुँचा दे तो बहुत है।"

"मैं तो बस जावा से बाहर निकलना चाहता हूँ।" हमारे नए साथी ने कहा, "मेरा नाम मगरिज है।"

"आपसे मिलकर खुशी हुई, मि. मगरिज।" पिताजी ने कहा, मेरा नाम बॉण्ड है। ये मेरा बेटा है।

मि. मगरिज ने मेरे बालों पर हाथ फिराया और मेरी ओर देखकर अपनी एक आँख दबा दी।

कप्तान हमें अपने साथ एक छोटी से डोंगी में बैठने के लिए बुला रहा था, जो हमें कुछ दूर खड़े समुद्री विमान तक ले जाने वाली थी।

"हमारी यात्रा शुरू होने वाली है।" मि. मगरिज ने कहा, "प्रार्थना कर लो और मनाओ कि हम सकुशल यहाँ से निकल जाएँ।"

विमान के उड़ने में काफी समय था। उसे पानी में कई बार चलना पड़ा और फिर एक शराबी की तरह डगमगाते हुए वह धीरे-धीरे स्वच्छ, नीले आसमान की ओर उठने लगा।

"एक पल के लिए तो मैं सोचने लगा था कि हम समुद्र में ही जाने वाले हैं।" मि. मगरिज अपनी सीट बेल्ट खोलते हुए बोले, "और मछली की बात करें तो मैं एक प्लेट फिश और चिप्स और एक बोतल बीयर के बदले अपना एक सप्ताह का वेतन देने को तैयार हूँ।"

"मैं बॉम्बे में तुम्हारे लिए बीयर खरीद दूँगा।" मेरे पिताजी ने कहा।

"आप अंडा लेंगे?" मुझे याद आया कि हमारे एक बैग में अभी भी कुछ उबले अंडे बचे हुए हैं।

"शुक्रिया दोस्त! मि. मगरिज ने तत्परता से एक अंडा स्वीकार करते हुए कहा। "एक असली अंडा! मैं पिछले छह महीनों से अंडों के

पाउडर से काम चला रहा हूँ। आर्मी में वही मिलता है। और मैं आपको बता रहा हूँ कि वह भी मुरगी के अंडों से नहीं बनता, कछुए या मुर्गाबी के अंडों से बनता है।''

''नहीं,'' मेरे पिताजी ने भावहीन चेहरे से कहा, ''साँप के अंडों से।''

मि. मगरिज का चेहरा पीला पड़ गया। लेकिन वे जल्दी ही सँभल गए और फिर एक घंटे तक लगातार दुनिया भर के विषयों पर बोलते रहे, जिनमें चर्चिल, हिटलर, रूजवेल्ट, महात्मा गांधी और बेट्टी ग्रेबल भी शामिल थे (अंतिम नाम अपनी खूबसूरत टाँगों के कारण मशहूर था)। यदि उन्हें मौका मिला होता तो वे बॉम्बे पहुँचने तक बोलते रहते, लेकिन तभी हमारे प्लेन में एक थरथराहट हुई और वह फिर से हिचकोले खाने लगा।

''मुझे लगता है, इसका इंजन परेशान कर रहा है।'' पिताजी ने कहा।

जब मैंने खिड़की के काँच से बाहर झाँका तो मुझे लगा, जैसे समुद्र की लहरें तेजी से हमसे मिलने आ रही थीं।

सहपायलट यात्रियों के केबिन में आया और डच भाषा में कुछ बोला। यात्रियों के चेहरों पर घबराहट दिखने लगी और वे जल्दी-जल्दी अपनी सीट बेल्ट्स बाँधने लगे।

''आखिर उस बेवकूफ ने कहा क्या?'' मि. मगरिज ने पूछा।

''मुझे लगता है, उसे प्लेन छोड़ना पड़ेगा।'' पिताजी ने कहा, जो इतनी डच जानते थे कि उसने जो कहा था, उसका अंदाजा लगा सकें।

''ये क्या कह रहे हैं आप?'' मि. मगरिज घबराकर बोले, ''ईश्वर हमारी मदद करें। और बॉम्बे अभी कितनी दूर है, सर?''

''अभी सैकड़ों मील दूर है।'' पिताजी ने कहा।

''क्या तुम तैरना जानते हो, दोस्त?'' मि. मगरिज ने मेरी ओर

देखते हुए पूछा।

"हाँ, जानता हूँ। लेकिन मैं बॉम्बे तक तैर के नहीं जा सकता। आप कितनी दूर तक तैर सकते हैं?"

"एक बाथटब की लंबाई जितना।" उन्होंने जवाब दिया।

"चिंता मत करो," पिताजी ने कहा, "बस, इतना ध्यान रखो कि तुम्हारी लाइफ जैकेट ठीक से बँधी है।"

हमने अपनी लाइफ जैकेट्स सँभालीं। पिताजी ने मेरी जैकेट को दो बार जाँच कर सुनिश्चित कर लिया कि वह ठीक से बँधी हुई थी।

पायलट ने अब तक दोनों इंजन काट दिए थे और विमान गोल-गोल घूमते हुए नीचे आ रहा था। लेकिन वह विमान की गति को नियंत्रित नहीं कर पा रहा था, इसलिए विमान एक ही तरफ झुक रहा था। सही तरीके से लैंड करने के बजाय वह अपने एक पंख की नोक के बल नीचे उतरा और इस वजह से समुद्र की तेज लहरों के बीच विमान जोरों से चक्कर खाने लगा। जब उसने पानी का स्पर्श किया तो एक जोरदार झटका लगा और यदि हमने सीट बेल्ट्स नहीं बाँधी होतीं तो निश्चित रूप से हम गिर पड़ते। फिर भी मि. मगरिज का सिर आगेवाली सीट से टकरा ही गया और फिर उनकी नाक से खून बहने लगा और जुबान से गालियाँ निकलने लगीं।

जैसे ही विमान स्थिर हुआ, पिताजी ने मेरी सीट बेल्ट खोल दी। हमारे पास बरबाद करने के लिए समय बिलकुल नहीं था। केबिन में पानी भरना शुरू हो गया था और सभी यात्री—सिवाय एक के, जो गरदन टूट जाने के कारण अपनी सीट पर मृत पड़ा था—बाहर निकलने के लिए धक्का-मुक्की कर रहे थे। सहपायलट ने एक लीवर खींचा तो दरवाजा खुल गया और हमें समुद्र की ऊँची लहरें जख्मी विमान के किनारों पर आक्रमण करती दिखाई देने लगीं।

पिताजी मेरा हाथ पकड़कर मुझे निकास की ओर ले जा रहे थे।

"जल्दी करो, बेटा।" वो बोले, "हम बहुत देर तक पानी के ऊपर नहीं रह पाएँगे।"

"जरा मदद कीजिए!" मि. मगरिज अपनी लाइफ जैकेट से संघर्ष करते हुए चिल्लाए, "एक तो मेरी नाक से खून निकलता जा रहा है और अब ये लाइफ जैकेट अटक गई है।"

पिताजी ने पहले उनकी जैकेट ठीक करने में मदद की और फिर उन्हें हमसे पहले गेट से बाहर निकाल दिया।

जब हम तैरकर सी प्लेन से दूर जा रहे थे (मि. मगरिज भी हमारे बगल में जोर से हाथ-पैर चला रहे थे), हमें पानी में मौजूद अन्य यात्रियों का भी ध्यान था। उनमें से एक ने डच भाषा में चिल्लाकर हमें अपने पीछे आने के लिए कहा।

हम उसके पीछे तैरते हुए डिंगी की ओर जा रहे थे, जो हमारे पानी में उतरते ही खोल दी गई थी। लहरों पर मचलती वह पीले रंग की डिंगी हमारे लिए उतनी ही सुखदायी थी, जितनी कि जमीन।

जितने भी यात्रियों ने प्लेन छोड़ा था, वे सभी डिंगी में चढ़ने में कामयाब हो गए। हम कुल मिलाकर सात थे—ठसाठस भरे हुए। हम डिंगी में ठीक से बैठे ही थे कि मि. मगरिज, जो अभी भी अपनी नाक को पकड़े हुए थे, बोले, "वो गया हमारा प्लेन!" हम असहाय से देखते रहे और समुद्री विमान धीरे-धीरे, बिना कोई आवाज किए, लहरों के नीचे समा गया।

डिंगी में भी काफी पानी भर गया था और जल्दी ही हर कोई उसे निकालने में व्यस्त हो गया—मग से (डिंगी में दो मग थे), हैट से, कुछ नहीं मिला तो हाथों की अंजुलि से। एक जगह हलका सा उभार था और बार-बार डिंगी पानी से आधी भर जाती थी। लेकिन आधे घंटे में सबने मिलकर लगभग पूरा पानी बाहर निकाल दिया। उसके बाद बारी-बारी से पानी निकालने का काम करना संभव हो गया। दो लोग पानी निकालते

और बाकी आराम करते। मुझसे इस काम में मदद करने की कोई उम्मीद नहीं कर रहा था, फिर भी मैंने मदद की—पिताजी की सोला टोपी का इस्तेमाल करके।

''हम कहाँ हैं?'' एक यात्री ने पूछा।

''किसी भी जगह से बहुत दूर।'' दूसरे ने जवाब दिया।

''हिंद महासागर में कुछ द्वीप तो होंगे ही।''

''लेकिन उनमें से एक तक पहुँचने के पहले हमें कई दिनों तक समुद्र में रहना पड़ सकता है।''

''कई दिन या कई हफ्ते भी।'' कप्तान ने कहा, ''चलो, हम अपने राशन पर नजर डाल लें।''

डिंगी में जरूरत की पर्याप्त खाद्य सामग्री थी—बिस्किट्स, किशमिश, चॉकलेट्स (हमने अपनी खो दी थीं) और एक सप्ताह चलने जितना पानी भी था। एक फर्स्टएड बॉक्स (जरूरी दवाओं का डिब्बा) भी था, जिसका फौरन ही इस्तेमाल कर लिया गया, क्योंकि मि. मगरिज की नाक को उपचार की सख्त आवश्यकता थी। कुछ और यात्रियों को भी छोटी-मोटी चोटें या खरोंचें लगी थीं। एक यात्री को सिर में जोर की चोट लगी थी और ऐसा लग रहा था कि उसकी याददाश्त चली गई है। उसे समझ में नहीं आ रहा था कि हम सब हिंद महासागर के बीचोबीच क्यों तैर रहे हैं? उसे लग रहा था कि हम लोग बटाविया से कुछ मील दूर क्रूज पर आए हैं।

डिंगी जब समुद्र की लहरों के बीच ऊपर-नीचे हो रही थी तो उसकी असामान्य गति से सभी सी सिक (समुद्र में घबराहट होना और चक्कर आना) हो रहे थे। चूँकि कोई कुछ खाने की स्थिति में ही नहीं था, इसलिए एक दिन का राशन बच गया।

धूप बहुत तेज थी और पिताजी ने मेरे सिर को एक बड़े से बिंदीवाले रूमाल से ढक दिया था। उन्हें हमेशा से पीली बिंदियोंवाले बड़े रूमाल

पसंद थे और वे अपने साथ कम-से-कम वैसे दो रूमाल तो हमेशा रखते ही थे। इसलिए उनके पास अपने लिए भी एक रूमाल था। सोला टोपी, जो समुद्र के पानी से अच्छी तरह भीगी हुई थी, मि. मगरिज के काम आ रही थी।

जब मैं अपनी घबराहट और चक्कर से कुछ उबरा, तब मुझे अचानक पिताजी के कीमती स्टैंप एलबम की याद आई और मैं उठकर बैठ गया, ''हमारे स्टैंप्स! आप स्टैंप्स एलबम लाए कि नहीं डैड?

उन्होंने अफसोस में सिर हिलाया। ''अब तक तो वह समुद्र के नीचे पहुँच चुका होगा।'' उन्होंने कहा, ''लेकिन चिंता मत करो, मैंने कुछ दुर्लभ स्टैंप्स अपने वॉलेट में रखे हैं। और उन्होंने खुश होते हुए अपनी शर्ट की जेब थपथपाई।

डिंगी पूरे दिन तैरती रही, लेकिन किसी को भी इस बात का अंदाजा नहीं था कि वह हमें कहाँ लेकर जा रही है!

''शायद ये गोल-गोल घूमकर परिक्रमा कर रही है।'' मि. मगरिज ने हताशा से कहा।

हमारे पास न कोई कंपास था और न पाल, और चप्पू होते तो भी हमें ज्यादा दूर तक नहीं ले जा पाते। हमारे पास खुद को धारा के हवाले छोड़ देने के अलावा कोई चारा नहीं था, इस उम्मीद के साथ कि वह हमें किसी जमीन की ओर तो ले ही जाएगी या कम-से-कम किसी गुजरते जहाज के इतने नजदीक कि कोई हमारी पुकार सुन सके।

सूरज सुर्ख लाल होता हुआ धीरे-धीरे अस्त हो गया, जैसे समुद्र में समा गया हो। अँधेरा हमें घेरने लगा था। वह एक अँधेरी, बिना चाँद की रात थी और हमें लहरों के ऊपर के सफेद झाग के अलावा कुछ दिखाई नहीं दे रहा था। मैं पिताजी के कंधों पर सिर रखकर लेटा हुआ था और आसमान में टिमटिमाते तारों को देख रहा था।

''शायद तुम्हारा दोस्त सोनो भी आज आसमान में इन्हीं सितारों को

देख रहा होगा।'' पिताजी ने कहा, ''दुनिया इतनी बड़ी भी नहीं है।''

''हाँ, और हमारे चारों ओर सिर्फ समुद्र ही है।'' अँधेरे में से मि. मगरिज की आवाज आई।

सोनो की याद आई तो मैंने अपनी जेब में हाथ डाला और उसके दिए सी हॉर्स को वहाँ सुरक्षित पाकर आश्वस्त हो गया।

''मेरे पास सोनो का दिया सी हॉर्स अभी भी है।'' मैंने पिताजी को सोनो का तोहफा दिखाते हुए कहा।

''इसे सँभालकर रखो।'' उन्होंने कहा, ''यह हमारे लिए अच्छी किस्मत ला सकता है।''

''क्या सी हॉर्सेज भाग्यशाली होते हैं?''

''क्या पता? लेकिन उसने तुम्हें यह प्यार से दिया है—और प्यार प्रार्थना जैसा होता है। इसलिए इसे सँभालकर रखो।''

मैं उस रात ज्यादा देर नहीं सोया। शायद कोई भी ठीक से नहीं सोया था। कोई ज्यादा बातचीत भी नहीं कर रहा था, सिवाय मि. मगरिज के, जो लगातार ठंडी बीयर और सलामी के बारे में कुछ बोलते जा रहे थे।

अगले दिन मुझे ज्यादा घबराहट नहीं हुई। दस बजते-बजते मुझे जोर से भूख लग आई थी, लेकिन नाश्ते में हमें सिर्फ दो बिस्किट्स, एक टुकड़ा चॉकलेट और थोड़ा सा पानी मिला। दिन बहुत गरम था और हमें जल्दी ही फिर प्यास लग गई; लेकिन सबने यह फैसला किया कि हमें अपने खाने-पीने पर कड़ाई से नियंत्रण रखना पड़ेगा।

दो-तीन यात्री अभी भी बीमार थे; लेकिन बाकी मि. मगरिज समेत अपनी भूख और हिम्मत वापस पा चुके थे और अब अपने बचाए जाने की संभावनाओं पर चर्चा कर रहे थे।

''डिंगी में डिस्ट्रेस रॉकेट्स (आपदा में संकेत देने के काम आनेवाले रॉकेट) हैं क्या?'' पिताजी ने पूछा, ''यदि हमें कोई जहाज या प्लेन

दिखाई देता है तो हम एक रॉकेट छोड़ सकते हैं। हो सकता है, किसी की नजर हम पर पड़ जाए! वरना दूर से हमें देखे जाने की संभावना बहुत कम है।''

डिंगी के एक-एक कोने में खोजा गया, लेकिन कोई रॉकेट नहीं मिला।

''किसी ने पिछले गाए फॉक्स डे पर उसका इस्तेमाल कर लिया होगा।'' मि. मगरिज ने टिप्पणी की।

''हॉलैंड में गाए फॉक्स डे नहीं मनाया जाता।'' पिताजी ने कहा, ''गाए फॉक्स अंग्रेज था।''

''आह!'' मि. मगरिज बोले। लेकिन उन्होंने हार नहीं मानी—''मैं तो हमेशा से कहता आया हूँ कि ज्यादातर महान् व्यक्ति अंग्रेज ही होते हैं। और ये गाए फॉक्स साहब ने कौन सा कमाल किया था?''

''संसद् को बम से उड़ाने की कोशिश की थी।'' पिताजी ने कहा।

उस दिन दोपहर में हमने पहली बार शार्क मछलियाँ देखीं। वे विशालकाय मछलियाँ जब नाव के नीचे सरकतीं तो लगता कि उनके धक्के से नाव उलट जाएगी। कुछ देर बाद वे चली गईं, लेकिन शाम को फिर वापस आ गईं।

रात को जब मैं पिताजी की बगल में नींद से भरा लेटा हुआ था, मुझे अपने चेहरे पर पानी की बूँदों का स्पर्श महसूस हुआ। पहले तो मुझे लगा, समुद्र की लहरों का छींटा होगा, लेकिन जब छींटे बंद नहीं हुए, तब मुझे समझ में आया कि बारिश हो रही थी।

बारिश! मैं उठकर बैठ गया और चिल्लाने लगा, ''बारिश हो रही है!''

सब लोग जाग गए और मग, टोपी और दूसरी चीजों से पानी बाहर निकालने में लग गए। मि. मगरिज अपना मुँह खुला रखकर लेटे रहे और बारिश का पानी पीते रहे।

"ये ज्यादा अच्छा है।" वह बोले, "दुनिया भर की धूप और रेत ले लो, पर मुझे इंग्लैंड में एक बारिश का दिन दे दो!"

लेकिन सुबह तक बादल छँट गए थे और मौसम पहले दिन से भी ज्यादा गरम था। कुछ ही देर में हम धूप की गरमी से झुलसकर लाल हो गए। दोपहर तक मि. मगरिज भी शांत हो गए। किसी में भी बोलने की शक्ति नहीं बची थी।

फिर मेरे पिताजी फुसफुसाए, "तुम्हें किसी प्लेन की आवाज सुनाई दे रही है, बेटा?"

मैंने ध्यान से सुना और लहरों की सरसराहट के ऊपर मुझे दूर से आती एक प्लेन की आवाज सुनाई दी। वह काफी दूर रहा होगा, क्योंकि हम उसे देख नहीं पा रहे थे। हो सकता है, वह सूर्य की दिशा में उड़ रहा हो और तेज धूप में हमारी आँखें चौंधिया गई थीं, इसलिए वह हमें नजर न आ रहा हो; और यह भी हो सकता था कि वह आवाज सिर्फ हमारी कल्पना की उपज हो!

उसके बाद अपनी याददाश्त खो चुके डच यात्री को लगा कि उसने जमीन देखी है और वह क्षितिज की ओर इशारा करके बार-बार कहने लगा, "वो रहा बटाविया! मैं कह रहा था न कि हम किनारे के करीब हैं!" बाकी लोगों को कुछ नहीं दिख रहा था। मतलब मेरे पिताजी और मैं अकेले नहीं थे, जो कल्पना कर रहे थे।

पिताजी बोले, "इससे यह साबित होता है कि इनसान वही देखता है, जो वह देखना चाहता है, भले ही देखने के लिए कुछ न हो!"

शार्क मछलियाँ अभी भी हमारे आस-पास थीं। मि. मगरिज को उनसे चिढ़ हो रही थी। उन्होंने अपना जूता उतारा और सबसे नजदीकवाली शार्क के ऊपर फेंका। लेकिन शार्क ने जूते पर ध्यान नहीं दिया और हमारे पीछे तैरती रही।

"अगर आपका पैर भी उस जूते में होता, मि. मगरिज तो शार्क ने

उसे स्वीकार कर लिया होता।'' पिताजी ने चुटकी ली।

''आप लोग अपने जूते मत फेंकिए।'' कप्तान ने कहा। हमें किसी निर्जन समुद्र-तट पर उतरकर सैकड़ों मील पैदल चलना पड़ सकता है!

शाम को हलकी हवा चलने लगी और हमारी डिंगी लहरों पर ज्यादा तेजी से बढ़ने लगी।

''आखिरकार हम आगे बढ़ रहे हैं ।'' कप्तान ने घोषणा की।

''परिक्रमा कर रहे हैं।'' मि. मगरिज बोले।

लेकिन हवा में बहुत ताजगी थी। उसने हमारे जलते हाथ-पैरों को शीतल कर दिया और फिर हमें नींद भी आ गई। आधी रात को भूख से मेरी नींद खुल गई।

''तुम ठीक हो न?'' पिताजी ने पूछा। वह बिलकुल नहीं सोए थे।

''मुझे भूख लगी है।'' मैंने कहा।

''क्या खाना पसंद करोगे तुम?''

''संतरे।''

''हमारे पास संतरे तो नहीं हैं, लेकिन मैंने तुम्हारे लिए एक टुकड़ा चॉकलेट बचाकर रखी है। और थोड़ा सा पानी भी है, अगर तुम्हें प्यास लगे तो।''

मैं चॉकलेट को बहुत देर तक अपने मुँह के रखकर चुगलाता रहा, ताकि वह जल्दी खत्म न हो। फिर मैंने थोड़ा सा पानी भी पिया।

''आपको भूख नहीं लगी है?'' मैंने पूछा।

''बहुत जोर से लगी है! मैं एक पूरा टर्की खा सकता हूँ। जब हम बॉम्बे या मद्रास या कोलंबो या जहाँ भी हमें ये डिंगी ले जाए, पहुँच जाएँगे तो हम शहर के सबसे अच्छे रेस्टोरेंट में चलेंगे और ऐसे खाएँगे जैसे···जैसे···''

''जैसे किसी तबाह हो चुके जहाज के नाविक!'' मैंने कहा।

''बिलकुल।''

"क्या आपको लगता है, हम कभी जमीन तक पहुँच पाएँगे, डैड?"

"हाँ, मुझे विश्वास है। तुम्हें डर लग रहा है क्या?"

"नहीं, जब तक आप मेरे साथ हैं, बिलकुल नहीं।"

अगली सुबह हमें सीगल्स दिखे तो हमारी खुशी का ठिकाना नहीं रहा।

सीगल्स का दिखना इस बात का स्पष्ट संकेत था कि किनारा अब ज्यादा दूर नहीं है। लेकिन एक डिंगी तीस-चालीस मील का फासला तय करने में भी कई दिन लगा सकती थी। समुद्री पक्षी शोर मचाते हुए हमारी डिंगी के ऊपर चक्कर काट रहे थे। पिछले तीन दिनों और तीन रातों में हवा, समुद्र और अपनी खुद की थकी-हारी आवाजें सुनने के बाद ये पहली परिचित आवाजें थीं, जो हमारे कानों में पड़ रही थीं।

शार्क मछलियाँ गायब हो चुकी थीं और यह भी हमारे लिए एक उत्साहवर्धक संकेत था। उन्हें पानी में फैल रही तेल की चिकनाई पसंद नहीं आ रही थी।

लेकिन कुछ ही देर में पक्षी हमसे दूर चले गए और हमें डर लगने लगा कि कहीं हम फिर किनारे से दूर न जा रहे हों।

"परिक्रमा!" मि. मगरिज ने फिर से कहा, "परिक्रमा!"

हमारे पास एक सप्ताह के लिए पर्याप्त भोजन और पानी था, लेकिन कोई एक सप्ताह और समुद्र में बिताने के बारे में सोचना भी नहीं चाहता था।

सूरज आग के गोले जैसा तप रहा था। हमारे पास सबकी प्यास बुझाने जितना पानी नहीं था। दोपहर तक हमारी उम्मीद और हिम्मत दोनों हमारा साथ छोड़ने लगी।

पिताजी के मुँह में उनका पाइप था। उनके पास तंबाकू नहीं था, लेकिन उन्हें अपने दाँतों के बीच पाइप दबाना अच्छा लगता था। वह कहते थे कि इससे मुँह कम सूखता है।

शार्क्स वापस आ गई थीं।

मि. मगरिज ने अपना दूसरा जूता भी उनके ऊपर फेंक दिया।

"इंग्लैंड की गरमियों में बारिश जैसी खूबसूरत कोई चीज नहीं होती।" वे बुदबुदाए।

मैं डिंगी के गड्ढे में पिताजी के बड़े से रूमाल से अपना चेहरा ढककर सो गया। रूमाल पर बनी पीली बिंदियाँ जैसे ढेर सारे गोल-गोल घूमते सूरजों में बदल गईं।

जब मेरी नींद खुली तो मैंने अपने ऊपर एक बड़ी सी छाया झुकी हुई देखी। पहले मुझे लगा, वह बादल था। लेकिन वह तो हिलती-डुलती छाया थी। पिताजी ने मेरे चेहरे पर से अपना रूमाल हटाते हुए कहा, "अब उठ जाओ, बेटा। हम जल्दी ही घर पहुँचने वाले हैं।"

हमारे बगल में मछुआरों की एक नाव थी और वह छाया उसी की चौड़ी, लहराती पाल की थी। बहुत से ताँबई रंग के मछुआरे (हमें बाद में पता चला कि वे बर्मीज थे) मुसकराते और लगातार बोलते हुए अपनी नाव के डेक (छत) से हमें देख रहे थे।

उसके कुछ ही दिनों बाद मेरे पिताजी और मैं बॉम्बे में थे। पिताजी ने अपने दुर्लभ स्टैंप्स हजार रुपए से ज्यादा में बेच दिए और हम एक आरामदेह होटल में रहने लगे। मि. मगरिज को वापस इंग्लैंड भेज दिया गया। बाद में हमें उनका एक पोस्टकार्ड मिला, जिसमें उन्होंने लिखा था कि इंग्लैंड की बारिश बहुत खराब होती है।

"और हम क्या करेंगे?" मैंने पूछा, "हम इंग्लैंड वापस नहीं जाएँगे क्या?"

"अभी नहीं।" पिताजी ने कहा, "जब तक युद्ध खत्म नहीं हो जाता, तुम शिमला के एक बोर्डिंग स्कूल में जाओगे।"

"लेकिन मैं आपको छोड़कर क्यों जाऊँ?"

"क्योंकि मैं रॉयल एयर फोर्स (यू.के. की वायुसेना) में शामिल

हो गया हूँ।'' उन्होंने कहा। वह आगे बोले, ''चिंता मत करो। मेरी पोस्टिंग दिल्ली में हो रही है। मैं बीच-बीच में आकर तुमसे मिलता रहूँगा।''

एक हफ्ते बाद मैं एक छोटी सी ट्रेन में बैठा था, जो छुक-छुक करती हुई शिमला के ऊँचे-नीचे पहाड़ी रास्ते पर चल रही थी। बहुत से भारतीय, एंग्लो इंडियन और अंग्रेज बच्चे रेल के डिब्बे में भरे हुए थे। मुझे उनके बीच में बहुत अजीब सा लग रहा था, जैसे कि मैं उनके मजाक का पात्र था; लेकिन फिर भी मैं दुःखी नहीं था। मैं जानता था, पिताजी जल्दी ही मुझसे मिलने आएँगे। उन्होंने मुझसे वादा किया था कि जैसे ही उन्हें अपना पहला वेतन मिलेगा, वह मेरे लिए कुछ किताबें, एक जोड़ी रोलर स्केट्स और एक क्रिकेट बैट लेकर आएँगे।

तब तक मेरे पास सोनो का दिया जेड का 'सी हॉर्स' तो था ही।

और वह 'सी हॉर्स' आज तक मेरे पास है।

□

काली बिल्ली

बिल्ली के आने के पहले घर में एक झाड़ू तो होना ही चाहिए था।

हमारे हिल स्टेशन में कबाड़ की एक पुरानी दुकान है—गंदी, अँधेरी और मैली-कुचैली, जहाँ मैं अकसर पुरानी किताबों या विक्टोरियन युग की वस्तुओं की फिराक में जाता रहता हूँ। कभी-कभी वहाँ कुछ उपयोगी घरेलू चीजें दिख जाती हैं; लेकिन आम तौर पर मेरा ध्यान उन चीजों की ओर नहीं जाता। एक दिन एक पुरानी, लेकिन अच्छी दशा में एक कोने में रखी झाड़ू ने मेरा ध्यान आकर्षित किया। मुझे एक लंबे हैंडलवाली झाड़ू की सख्त जरूरत थी। मेरे पास घर की सफाई करने के लिए कोई नौकर नहीं था और मुझे साधारण झाड़ू से झुककर सफाई करना बिलकुल पसंद नहीं था।

वह पुरानी झाड़ू दस रुपए की थी। मैंने दुकानदार से मोल-भाव करके उसे पाँच रुपए में खरीद लिया। झाड़ू बहुत मजबूत और उपयोगी थी और मैं लगभग हर सुबह उसका भरपूर इस्तेमाल करता था। यह कहानी यहीं पर खत्म हो जाती या शायद शुरू भी नहीं होती, अगर मैंने अपने बगीचे की दीवार पर एक बड़ी सी काली बिल्ली को बैठे न देखा होता।

उस काली बिल्ली की चमकदार पीली आँखें थीं और वह मुझे यूँ घूरकर देख रही थी, जैसे मुझमें शोषण करने योग्य इनसान की संभावनाएँ तलाश रही हो। हालाँकि उसने एक-दो बार 'म्याऊँ-म्याऊँ' भी किया, लेकिन मैंने ध्यान नहीं दिया। मुझे बिल्लियाँ अधिक पसंद नहीं थीं।

लेकिन जब मैं घर के अंदर गया तो मैंने देखा कि वो भी मेरे पीछे-पीछे आ गई है और मेरी रसोई के दरवाजे को अपने पंजों से खुरच रही है।

मुझे लगा, वह भूखी होगी और मैंने उसे थोड़ा सा दूध दे दिया।

बिल्ली ने 'म्याऊँ, म्याऊँ' करते हुए पूरा दूध पी लिया और फिर छलाँग लगाकर एक अलमारी के ऊपर चढ़ गई और आराम से बैठ गई।

खैर, अगले कई दिनों तक मुझे उस बिल्ली से छुटकारा नहीं मिला। ऐसा लग रहा था कि वह बहुत आराम से है और मेरी मौजूदगी को किसी प्रकार बरदाश्त कर रही है। उसकी दिलचस्पी मुझसे ज्यादा मेरी झाड़ू में थी और जब भी मैं कमरों की सफाई करता, वह झाड़ू के आस-पास उछलती-कूदती रहती थी। और जब काम हो जाने के बाद मैं झाड़ू को दीवार के सहारे खड़ा कर देता तो वह उसके पास जाकर म्याऊँ-म्याऊँ करते हुए उसके हैंडल से अपना शरीर रगड़ने लगती।

एक बिल्ली और एक झाड़ू! यह संयोजन विचार करने योग्य था, अनेक संभावनाओं से भरा हुआ! जिस घर में मैं रहता था, वह काफी पुराना था, लगभग सौ साल पुराना, और मैं अकसर सोचता था कि इतने लंबे समय में कैसे-कैसे किराएदार इसमें रहे होंगे! मुझे इस घर में रहते हुए सिर्फ एक साल हुआ था। और यद्यपि यह मकान हिमालयन बलूत के जंगल के बीच में अकेला खड़ा था, मेरा अब तक किसी भूत या आत्मा से सामना नहीं हुआ था।

जुलाई के मध्य में मिस बैलोज मुझसे मिलने आईं। मुझे अपने कॉटेज के बाहर वाले पथरीले रास्ते पर उनकी छड़ी की ठक-ठक सुनाई पड़ रही थी। ठक-ठक मेरे कॉटेज के दरवाजे पर आकर रुक गई।

"मि. बॉण्ड!" एक रोबीली आवाज आई, "आप घर पर हैं क्या?"

मैं बागबानी कर रहा था, और जब मैंने आवाज की दिशा में देखा तो वहाँ एक बुजुर्ग, लेकिन सीधी कमरवाली अंग्रेज महिला दिखीं, जो गेट के बाहर से मेरी ओर झाँक रही थीं।

''गुड ईवनिंग!'' मैंने अपना फावड़ा नीचे गिराते हुए कहा।

''शायद मेरी बिल्ली आपके पास है।'' मिस बैलोज बोलीं।

हालाँकि मैं उनसे पहले कभी मिला नहीं था, लेकिन मैंने उनके बारे में सुना जरूर था। वे इस हिल स्टेशन की सबसे पुरानी निवासी थीं।

''मेरे पास एक बिल्ली है तो जरूर, मैंने कहा, ''बल्कि ये कहना बेहतर होगा कि बिल्ली के पास मैं हूँ। यदि वही आपकी बिल्ली है तो आप शौक से उसे ले जाइए। जब तक मैं उसे खोजता हूँ, आप अंदर क्यों नहीं आ जातीं?''

मिस बैलोज अंदर आ गईं। उन्होंने एक पुराने फैशन का काला ड्रेस पहना हुआ था। उनकी अखरोट की लकड़ी की बनी प्राचीन छड़ी दो-तीन स्थानों से मुड़ चुकी थी और उसमें हैंडल की जगह मूठ लगी हुई थी।

जब मैं बिल्ली को देखने गया तो वे आराम से एक कुरसी पर बैठ गईं। लेकिन बिल्ली रहस्यमय ढंग से गायब हो चुकी थी और मेरे बहुत मनुहार करके पुकारने के बावजूद वह सामने नहीं आई। मैं जानता था, वह आस-पास ही होगी। लेकिन बिल्लियाँ ऐसी ही होती हैं—जिद्दी और उद्दंड!

हारकर जब मैं बैठक में वापस आया तो मैंने देखा कि वो मिस बैलोज की गोद में आराम से बैठी है।

''शुक्र है, आपको ये मिल गई। आप जाने से पहले चाय लेना पसंद करेंगी?''

''शुक्रिया!'' मिस बैलोज ने कहा, ''मैं चाय नहीं पीती।''

''तो कुछ और लीजिए, थोड़ी ब्रांडी लेंगी?''

उन्होंने मेरी ओर कुछ नाराजगी से देखा। घबराकर मैंने फौरन सफाई पेश की, ''मैं भी कभी-कभी ही ब्रांडी पीता हूँ। बस, जरूरत के लिए घर में रखता हूँ। सर्दी और दूसरी चीजों से बचाती है न! खास तौर

से सर्दी-जुकाम में बहुत काम आती है।'' मैं धीरे से बोला।

''शायद तुम्हारी केतली में पानी उबल रहा है।'' वो बोलीं, ''क्या मुझे थोड़ा गरम पानी मिल सकता है?''

''गरम पानी? जरूर।'' मैं उलझन महसूस कर रहा था, लेकिन मैं पहली मुलाकात में उन्हें नाराज नहीं करना चाहता था।

''शुक्रिया! और एक गिलास भी।''

उनको गिलास देकर मैं केतली लेने चला गया। उन्होंने अपने बड़े से ड्रेस की जेब से दो छोटे पैकेट निकाले, जो दवाओं के पैकेट से मिलते-जुलते थे। दोनों पैकेट खोलकर उन्होंने पहले एक बैगनी रंग का पाउडर और फिर लाल रंग का पाउडर गिलास में डाला। लेकिन कुछ नहीं हुआ।

''प्लीज इसमें पानी डाल दो।'' उन्होंने कहा।

''पानी बिलकुल उबलता हुआ है!''

''कोई बात नहीं।''

मैंने उबलता पानी उनके गिलास में डाल दिया। तेज सनसनाहट और झाग के साथ फेनिल पदार्थ गिलास के मुँह तक आ गया। उसमें से बहुत बुरी गंध आ रही थी। वह दवा इतनी गरम थी कि मुझे लगा, गिलास टूट जाएगा। लेकिन ऐसा होने के पहले ही मिस बैलोज ने उसे मुँह से लगाया और पूरा-का-पूरा पी गईं।

''मुझे लगता है, अब मुझे जाना चाहिए।'' गिलास नीचे रखकर होंठों पर जीभ फिराते हुए वह बोलीं। पूँछ हवा में उठाए हुए बिल्ली ने भी म्याऊँ-म्याऊँ करके हामी भरी। मिस बैलोज फिर बोलीं, ''मैं तुम्हारी बहुत शुक्रगुजार हूँ, यंगमैन।''

''कोई बात नहीं।'' मैंने विनम्रता से कहा, ''आपको जब भी जरूरत हो, मुझे याद कर लीजिएगा।''

उन्होंने अपना दुबला-पतला हाथ आगे बढ़ाया और मेरे हाथ को

मजबूती से थाम लिया।

मैं मिस बैलोज और उनकी बिल्ली को गेट तक छोड़ने गया और उदास होकर वापस अपनी बैठक में आ गया। अकेलापन मेरे दिमाग और मेरी चेतना पर हावी होता जा रहा था। मैंने अपनी कल्पना पर हँसने की आधी-अधूरी कोशिश की, लेकिन हँसी मेरे गले में फँसकर रह गई। मैं ध्यान दिए बिना नहीं रह पाया कि झाड़ू भी अपने कोने में नहीं थी।

मैं तेजी से कॉटेज से बाहर निकला और सड़क पर इधर-उधर देखने लगा। मुझे वहाँ कोई भी नजर नहीं आया। घिरते अँधेरे में मुझे मिस बैलोज की हँसी सुनाई दे रही थी और एक गाने के ये बोल भी—

विथ द डार्कनेस राउंड मी ग्रोइंग,
एंड द मून बिहाइंड माय हैट,
यू विल सून हैव ट्रबल नोइंग,
विच इज विच एंड विच्स कैट।
(मेरे चारों ओर अँधेरा बढ़ रहा है
और चाँद मेरी टोपी के पीछे है
कुछ ही देर में तुम सोचते रह जाओगे,
डायन कौन है और उसकी बिल्ली कौन?)

ऊपर आसमान में दीवाली के रॉकेट जैसा कुछ घर्र-घर्र कर रहा था।

मैंने ऊपर देखा तो चाँद के सामने उनकी आकृति दिख रही थी। मिस बैलोज और उनकी बिल्ली मेरी झाड़ू पर सवार होकर कहीं दूर चले जा रहे थे।

□

दादाजी के बहुरूप

दादाजी में बहुत सी विशेषताएँ थीं, लेकिन उनकी सबसे असाधारण योग्यता थी—जो कभी-कभी हमें चौंका भी देती थी—भेस बदलकर किसी और का रूप धर लेना। वह रूप किसी ठेले पर सामान बेचनेवाले का हो सकता था या धोबी या बढ़ई का—किसी भी ऐसे आदमी का, जिसे वे कुछ दिनों से अपने आस-पास देख रहे हों व जिसकी आदतों और स्वभाव को उन्होंने ध्यान से देखा हो।

आमतौर पर उनकी वेशभूषा एक आम एंग्लो इंडियन या अंग्रेज जैसी होती थी—बुशर्ट, खाकी हाफ पैंट, कभी-कभी एक सोला टोपी या धूप से बचानेवाला हेलमेट—लेकिन यदि आप उनकी अलमारी में देखते तो आपको तरह-तरह के परिधान मिल जाते—धोतियाँ, लुंगियाँ, पाजामे, कढ़ाई की हुई कमीजें, रंग-बिरंगी पगड़ियाँ। एक दिन वह महाराजा का रूप धर सकते थे और दूसरे ही दिन भिखारी का। हाँ, उनके पास पीतल का भीख माँगनेवाला एक कटोरा भी था; लेकिन उन्होंने उसका इस्तेमाल सिर्फ एक बार किया था, यह देखने के लिए कि वे बाजार में कटोरा लेकर घूमनेवाले बूढ़े भिखारी की तरह सच में लग सकते हैं या नहीं! उन्हें किसी ने पहचाना तो नहीं। लेकिन उन्हें यह स्वीकार करना पड़ा कि भीख माँगना एक बहुत ही मुश्किल कला है।

"आपको हर मौसम में, हर रोज दिन भर सड़क पर रहना पड़ता है।" उन्होंने मुझे शाम को बताया, "आपको सबसे विनम्रता से बात

करनी पड़ती है। अक्खड़पन दिखाकर किसी भिखारी को सफलता नहीं मिल सकती। मेरा विश्वास करो, यह बहुत मेहनतवाला काम है। मैं किसी को भी रोजगार के रूप में भीख माँगने का काम करने की सलाह नहीं दूँगा।''

दादाजी को दूसरों के काम या जीवन-शैली को महसूस करना सच में अच्छा लगता था। और उन्हें अपने दोस्तों व रिश्तेदारों को बुद्धू बनाने में भी मजा आता था।

दादी को हर तरह के दुकानदारों और ठेलेवालों से मोल-भाव करने में बहुत मजा आता था। वे अकसर डींग मारा करती थीं कि चाहे प्याज के दाम करवाने हों या कपड़ों, टोकरियों या बटनों के, वे मोल-भाव करने के मामले में मर्दों से बेहतर थीं। लेकिन एक दिन एक सब्जीवाला, जो सिर पर फल-सब्जियों की टोकरी लेकर घूमता था, हमारे घर आया और दादी से एक घंटे तक फल-सब्जियों के दाम को लेकर बहस करने के बाद ही उसने उन्हें वह सब दिया, जो वे चाहती थीं।

उसी दिन दोपहर में दादाजी ने उनसे पूछा कि उन्होंने टमाटर और हरी मिर्च के लिए सब्जीवाले को ज्यादा पैसे क्यों दिए थे।

''जितने में तुम बाजार से लाई होतीं, उससे कहीं ज्यादा पैसा दिए उसको।'' वो बोले।

''आपको कैसे पता कि मैंने उसे कितने पैसे दिए?''

''क्योंकि यही वो दस रुपए का नोट है, जो तुमने मुझे दिया था।'' दादाजी ने उन्हें नोट वापस करते हुए कहा, मैंने ही भेस बदलकर सब्जीवाले से एक घंटे के लिए उसकी टोकरी ली थी।''

दादाजी मेकअप का प्रयोग कभी नहीं करते थे। उनका रंग धूप से ताँबई हो चुका था और सिर्फ नकली दाढ़ी या मूँछ की सहायता से बालों की शैली में थोड़ा-बहुत परिवर्तन करके वे जिसकी तरह चाहते, बन जाते थे।''

मेरे मनोरंजन के लिए वे ताँगेवाला भी बन जाते थे; मेरा मतलब है, एक टट्टू द्वारा खींची जानेवाली बग्घी के ड्राइवर, जो मेरे बचपन के दिनों में यातायात का सामान्य साधन हुआ करती थी।

एक दिन दादाजी ने अपने एक घनिष्ठ मित्र से ताँगा उधार लिया और मुझे बैठाकर शहर की तेज और घटनापूर्ण यात्रा पर ले गए रास्ते में हमने एकाध सवारी भी बैठा ली और इस तरह जो पैसे कमाए, वे शाम को ईमानदारी से ताँगे के मालिक को थमा दिए। हमने डॉ. बिष्ट को भी बैठाया, जो दादाजी को पहचान नहीं पाए, लेकिन मेरी वजह से पोल खुल गई।

"तुम यहाँ क्या कर रहे हो?" खुशमिजाज डॉक्टर साहब ने पूछा, "तुम्हें तो स्कूल में होना चाहिए न?"

"मैं तो सिर्फ दादाजी की मदद कर रहा हूँ।" मैंने जवाब दिया, "ये मेरे साइंस प्रोजेक्ट का हिस्सा है।"

तब डॉ. बिष्ट ने दोबारा दादाजी की ओर देखा और ठहाका मारकर हँसने लगे। उन्होंने भी मुफ्त में ताँगे की सवारी की।

एक बार दादाजी दादी को बैठाकर बैंक ले गए और दादी ने भी उन्हें नहीं पहचाना। और वह भी सफेद टट्टूवाले ताँगे में। दादी को सफेद टट्टुओं के प्रति वहम था और जहाँ तक संभव होता, वे उनसे दूर ही रहती थीं। लेकिन ताँगेवाले के वेश में दादाजी ने उन्हें विश्वास दिला दिया कि उनका सफेद टट्टू दुनिया का सबसे सभ्य टट्टू था। और सच में दादाजी के निपुण निर्देशन में टट्टू बहुत शराफत से पेश आया। इसका यह फायदा हुआ कि दादी के मन से सफेद टट्टुओं का डर निकल गया।

एक बार सर्दियों में हमारे छोटे से उत्तर भारतीय शहर में जैमिनी सर्कस आया। पुराने परेड के मैदान में उनके तंबू लग गए। दादाजी को सर्कस और सर्कस से जुड़े लोग बहुत पसंद थे, इसलिए जल्दी ही

उनकी सभी से दोस्ती हो गई—सर्कस के मालिक से, रिंग मास्टर और शेरों के ट्रेनर से, घुड़सवारों और जोकरों से, ट्रैपीज (झूलों पर कलाबाजियाँ दिखानेवाले) कलाकारों और ऐक्रोबैट्स से—सभी से। उन्होंने मुझे बताया कि जब वे छोटे थे तो उनकी सर्कस में काम करने की बहुत इच्छा थी, जानवरों के ट्रेनर या रिंग मास्टर के तौर पर। लेकिन उनके पैरेंट्स ने उनपर इंजन ड्राइवर बनने के लिए दबाव डाला था, इसलिए उनकी इच्छा पूरी नहीं हो पाई।

"इंजन चलाने में तो मजा आता होगा।" मैंने कहा।

"हाँ, लेकिन शेर को सिखाना ज्यादा सुरक्षित काम होता है।" दादाजी ने कहा।

उन्होंने सर्कसवालों से अपनी दोस्ती का फायदा मुफ्त पासों की व्यवस्था करके उठाया—"मेरे लिए, मेरी चचेरी बहन मिलेनी के लिए और मेरे दोस्त गौतम के लिए, जो हमारे पड़ोस में रहता था।"

"आप हमारे साथ नहीं आ रहे हैं?" मैंने दादाजी से पूछा।

"मैं वहीं रहूँगा।" उन्होंने जवाब दिया।

"मैं अपने दोस्तों के साथ रहूँगा। देखना, अगर मुझे पहचान सको तो!"

हमें पक्का विश्वास था कि दादाजी शाम के हमारे कार्यक्रम में अपना कोई नया रूप धरकर आएँगे। इसलिए मिलेनी, गौतम और मेरे लिए शाम एक अनुमान लगाने के खेल के समान हो गई।

हम सर्कस के खास कार्यक्रमों को देखकर रोमांचित हो रहे थे—शेरों की ड्रिल, झूलों पर कलाबाजियाँ खाते खूबसूरत लड़के-लड़कियाँ, साहसी मोटरसाइकिल सवार का आग के गोले में से निकलना, जोकर और बाजीगर के मजेदार करतब; लेकिन हमारा ध्यान लगातार इस बात पर था कि कलाकारों के बीच हम दादाजी को ढूँढ़ पाएँ। हम अधिक शोर नहीं मचा सकते थे, क्योंकि हमारे पीछे की कतार में शहर के कुछ

प्रतिष्ठित लोग बैठे थे— मेयर, एक पगड़ीधारी महाराजा, एक औपचारिक कपड़े पहने हुआ अंग्रेज, जो शायद मिलिट्री से संबंधित था, दो-तीन नन्स और गौतम की क्लास टीचर। लेकिन फिर भी, हमारी बकबक लगभग पूरे शो में चलती रही।

"क्या तुम्हारे दादाजी लॉयन ट्रेनर बने हैं?" गौतम ने पूछा।

"मुझे ऐसा नहीं लगता। मैंने कहा, "उन्होंने शेरों के साथ कभी अभ्यास नहीं किया है। उन्हें बाघों के साथ ठीक लगता है!" लेकिन बाघों के साथ कोई और था।

"हो सकता है वो जादूगर बने हों।" मिलेनी ने राय दी।

"वो जादूगरों से ज्यादा लंबे हैं।" मैंने कहा।

गौतम ने फिर एक अनुमान लगाया, "शायद वो दाढ़ीवाली औरत बने हों!"

जब दाढ़ीवाली औरत हमारी तरफ आई तो हमने उसे गौर से देखा। उसने हमारी ओर दोस्ताना तरीके से हाथ हिलाया और गौतम ने उससे पूछ लिया, "माफ करिएगा, क्या आप रस्किन के दादाजी हैं?"

"नहीं डियर।" उसने जोर से हँसते हुए जवाब दिया, "मैं उसकी गर्लफ्रेंड हूँ!" और फिर वो रस्सी कूदती हुई रिंग के दूसरी ओर चली गई।

फिर एक जोकर हमारे पास आया और तरह-तरह के चेहरे बनाने लगा।

"क्या आप दादाजी हैं?" मिलेनी ने पूछा।

लेकिन जोकर सिर्फ मुसकराया, कलाबाजी खाते हुए पीछे गया और सबको हँसाने का अपना काम करता रहा।

"मैंने तो हार मान ली।" मिलेनी बोली, अगर वो नाचनेवाला भालू न बने हों तो!"

"वो सचमुच का भालू है।" गौतम बोला, "उसके पंजे तो देखो!"

भालू सच में असली लग रहा था। और शेर भी, हालाँकि वह थोड़ा गंदा लग रहा था। और बाघ भी बाघ जैसे ही लग रहे थे।

हम इस यकीन के साथ घर लौटे कि दादाजी वहाँ गए ही नहीं थे।

''तो बताओ, तुम लोगों को सर्कस में मजा आया?'' उन्होंने रात को खाना खाते समय पूछा।

''हाँ, लेकिन आप तो वहाँ आए नहीं थे।'' मैंने शिकायत की, ''और हमने सबको बहुत ध्यान से देखा था, उस दाढ़ीवाली औरत को भी!''

''अरे, मैं वहीं था।'' दादाजी बोले, ''मैं तुम्हारे बिलकुल पीछे बैठा था। लेकिन तुम लोग सर्कस और उसके कलाकारों में इतना डूबे हुए थे कि तुमने दर्शकों के बीच बैठे उस सूट पहने स्मार्ट अंग्रेज पर ध्यान नहीं दिया, जो महाराजा और नन्स के बीच में बैठा था। मैंने सोचा, आज मैं बदलाव के लिए अपने खुद के रूप में जाऊँ!''

□

आर्सेनिक की भाषा

क्या पैदाइशी हत्यारे जैसा कोई व्यक्ति होता है—जैसे पैदाइशी लेखक और संगीतकार होते हैं, पैदाइशी विजेता और हारे हुए व्यक्ति होते हैं?

विश्वास के साथ कुछ नहीं कहा जा सकता। उपद्रवी व परेशान करनेवाले लोगों से छुटकारा पाने की इच्छा तो आमतौर पर सभी के अंदर होती है, लेकिन कुछ ही लोग ऐसे होते हैं, जो उस इच्छा के वशीभूत होकर उसे अमल में लाते हैं। लेकिन अगर कभी कोई पैदाइशी हत्यारा था तो वो निश्चित रूप से विलियम जोंस ही रहा होगा। किसी की जान लेना उसके लिए एक स्वाभाविक क्रिया थी। न तो अत्यधिक हिंसा, न अप्रिय गोलीबारी, मारपीट या गला दबाना—सिर्फ सही मात्रा में, अक्लमंदी और प्रवीणता के साथ दिया गया जहर—यही उसका जान लेने का तरीका था।

मि. जोंस एक सौम्य व सभ्य व्यक्ति थे। वे तितलियाँ एकत्रित करते थे और फिर व्यवस्थित तरीके से उन्हें शीशे के बक्सों में सहेजकर रखते थे। उनकी ईथर की बोतल बहुत जल्दी असर करती थी और दर्द-रहित थी। वे उन खूबसूरत जीवों को सुई कभी नहीं चुभोते थे।

क्या आपने आगरा के दोहरे हत्याकांड के बारे में सुना है?

यह घटना कई वर्ष पहले की है, जब आगरा ब्रिटिश साम्राज्य की दूर-दराज की चौकी थी। उन दिनों विलियम जोंस शहर के एक अस्पताल में पुरुष नर्स थे। मरीज— विशेष रूप से गंभीर रोगों से ग्रस्त मरीज—

उनके सेवाभाव और समर्पण की बहुत बड़ाई करते थे। जहाँ अधिकतर नर्सें—महिला और पुरुष—दोनों—ऐसे मरीजों की देखभाल करना पसंद करते थे, जो जल्दी ही ठीक होने वाले हों, वहीं नर्स विलियम ऐसे मरीज की सेवा करते थे, जिसके बचने की उम्मीद कम हो।

उन्हें मृत्यु के नजदीक जा रहे मरीजों के प्रति एक प्रकार की सहानुभूति महसूस होती थी। उन्हें मरीजों के अंतिम समय में उनके साथ रहना अच्छा लगता था। इसके पीछे सिर्फ उनकी अच्छी भावना थी—और कुछ नहीं।

एक बार मेरठ की यात्रा के दौरान उनकी मुलाकात मिसेज ब्राउनिंग से हुई और उन्हें उनसे प्यार हो गया। वे वहाँ के स्टेशन मास्टर की पत्नी थीं। आगरा मेरठ के बीच की डाक सेवा पर जोश से भरे प्रेम-पत्रों का भार बढ़ गया। लिफाफे दिन-पर-दिन भारी होते जा रहे थे, इसलिए नहीं कि पत्रों की लंबाई बढ़ रही थी, बल्कि इसलिए, क्योंकि उनमें एक सफेद पाउडर के पैकेट होते थे—प्रयोग से संबंधित विस्तृत निर्देशों के साथ।

मि. ब्राउनिंग एक सीधे-सरल इनसान थे—ऐसे इनसान, जिन्हें जन्म से ही हारने की आदत होती है। वे पत्नी के पत्र खोलकर पढ़नेवाले लोगों में से नहीं थे। यहाँ तक कि जब वे आए दिन तेज पेट दर्द से छटपटाते थे, तब भी अशुद्ध पानी को उसका कारण समझते थे। वे उलटी और दस्त के एक झटके से उबरते थे कि उन्हें दूसरा झटका लग जाता था। उनको गैस्ट्रोएंट्राइटिस (आंत्रशोथ) के इलाज के लिए अस्पताल में भरती कर दिया गया और इस प्रकार अपनी पत्नी की देखभाल से मुक्त होकर वे जल्दी ही स्वस्थ हो गए। लेकिन घर लौटकर अपनी चिंतातुर पत्नी का लाया नीबू-पानी पीते ही उनकी हालत ऐसी बिगड़ी कि वे फिर कभी नहीं उठ पाए।

यह उन दिनों की बात है, जब भारत में हैजा और उससे संबंधित बीमारियों से मौत होना आम बात थी और मृत्यु प्रमाण-पत्र कुत्ते पालने

के लाइसेंस से ज्यादा आसानी से मिल जाता था।

शोक की छोटी सी अवधि के बाद (गरमी का मौसम था और अधिक देर तक काले कपड़े पहने रहना संभव नहीं था) मिसेज ब्राउनिंग आगरा चली गईं और विलियम जोंस के पड़ोस में मकान किराए पर लेकर रहने लगीं।

मैं आपको यह बताना भूल गया कि मि. जोंस भी शादीशुदा थे। उनकी पत्नी एक साधारण सी महिला थी, जिसका विलियम जैसे प्रतिभाशाली व्यक्ति से कोई मेल नहीं था। गरमी का मौसम खत्म होने से पहले ही हैजे ने उसकी भी जान ले ली। इस प्रकार दोनों प्रेमियों के लिए शादी के बंधन में बँधने का मार्ग खुल गया।

लेकिन बातें तो आगरा में भी होती थीं और कुछ ही दिनों में लोगों की जुबानें खुलने लगीं और पुलिस अधीक्षक के पास अज्ञात पत्र पहुँचने लगे। पूछताछ और जाँच-पड़ताल शुरू हो गई। ज्यादातर सम्मोहित प्रेमियों की तरह मिसेज ब्राउनिंग ने भी अपने प्रेमी के पत्र सँभालकर रखे थे और जल्दी ही उनका पता चल गया। उस बेवकूफ औरत ने प्रेमपत्र अपने बिस्तर के नीचे एक डिब्बे में रखे थे।

आगरा और मेरठ दोनों शहरों में शवों को खोदकर निकालने के आदेश जारी हो गए।

भीषण गरमी में भी आर्सेनिक (संखिया) को कोई नुकसान नहीं पहुँचता, इसलिए दोनों शवों में उसकी पर्याप्त मात्रा मिल गई।

मि. जोंस और मिसेज ब्राउनिंग को हत्या के आरोप में हिरासत में ले लिया गया। क्या अंकल बिल सच में एक खूनी हैं? मैंने देहरादून में अपनी दादी के घर के ड्राइंग रूम के सोफे पर बैठे-बैठे पूछा। (अब आपको यह बताने का समय आ गया है कि विलियम जोंस मेरे मामा थे, मेरी माँ के सौतेले भाई।) मैं उस समय आठ या नौ साल का था। पिछली गरमियाँ अंकल बिल ने हमारे साथ देहरादून में बिताई थीं। वह

बाजार से मेरे लिए ढेर सारी मिठाइयाँ और पेस्ट्री लेकर आते थे। मैं पूरी-की-पूरी खा जाता था और मुझे कोई परेशानी भी नहीं होती थी।

''तुम्हें अंकल बिल के बारे में किसने बताया?'' दादी ने पूछा।

''मैंने स्कूल में सुना। सभी लड़के मुझसे एक ही बात पूछ रहे थे, क्या तुम्हारे अंकल खूनी हैं? वे सब कह रहे थे कि उन्होंने अपनी दोनों पत्नियों को जहर दे दिया था।''

''उनकी एक ही पत्नी थी।'' आंटी मेबल कुछ गुस्से से बोलीं।

''क्या अंकल बिल ने उन्हें जहर दिया था?''

''नहीं, बिलकुल नहीं। तुम ऐसी बात कैसे कर सकते हो?''

''तब वो जेल में क्यों हैं?''

''कौन कहता है, वो जेल में हैं?''

''स्कूल के सब लड़के। उन्होंने यह बात अपने पैरेंट्स से सुनी। अंकल बिल के ऊपर आगरा में मुकदमा चलने वाला है।'' थोड़ी देर के लिए कमरे में सन्नाटा छा गया, फिर आंटी मेबल जोर से बोलीं, ''ये सब उस औरत की वजह से हुआ था।''

''तुम्हारा मतलब मिसेज ब्राउनिंग से है?'' दादी ने पूछा।

''हाँ, बिलकुल। उसी ने यह सब उसके दिमाग में भरा होगा। बिल ऐसी शैतानी हरकत करने के बारे में सोच भी नहीं सकता था।''

लेकिन वही मिसेज ब्राउनिंग को वह पाउडर भेजा करता था, डियर। और ये मत भूलो कि मिसेज ब्राउनिंग…''

दादी बोलते-बोलते रुक गईं और फिर वह और आंटी मेबल मेरी ओर कनखियों से देखने लगीं।

''उन्होंने आत्महत्या कर ली।'' मैंने उनका वाक्य पूरा किया, ''उनके पास वो पाउडर बचा हुआ था।''

आंटी मेबल ने अपनी आँखों की पुतलियाँ आसमान की ओर चढ़ा लीं।

"ये लड़का तो गजब है! पता नहीं बड़ा होकर ये कैसा होगा?"

"'कम-से-कम मैं अंकल बिल की तरह तो नहीं बनूँगा," मैंने कहा, "जहर देकर लोगों को मारना! अगर मैं किसी को मारूँगा तो असली लड़ाई में। क्या वे लोग अंकल को फाँसी देंगे?"

"ओह, ईश्वर करे, ऐसा न हो!"

दादी चुप थीं। अंकल बिल उनके सौतेले बेटे थे, लेकिन फिर भी उनके मन में अंकल के लिए ममता थी। आंटी मेबल उनकी बहन थीं और सोचती थीं कि उनका भाई बहुत अच्छा इनसान है। मुझे हमेशा से लगता था कि वो नर्मदिल हैं, लेकिन मैं यह भी मानता था कि उनका दिल बहुत बड़ा था। मैं कल्पना कर रहा था कि वह फाँसी पर लटके हुए हैं; लेकिन पता नहीं क्यों, मैं उनको उस रूप में स्वीकार नहीं कर पा रहा था।

घटनाक्रम कुछ ऐसा चला कि उन्हें फाँसी नहीं हुई। अंग्रेजों के राज में भारत में गोरों को फाँसी यदा-कदा ही होती थी, हालाँकि जल्लाद डाकुओं और राजनीतिक आतंकियों को लटकाने में काफी व्यस्त रहते थे। अंकल बिल को उम्रकैद की सजा सुनाई गई और इलाहाबाद के पास नैनी जेल की लाइब्रेरी में बैठने का काम सौंप दिया गया। पुरुष नर्स के तौर पर उनकी काबिलियत को नजरअंदाज कर दिया गया। अस्पताल में काम देने जितना भरोसा उनपर किसी को नहीं था।

उन्हें सात-आठ साल बाद रिहा कर दिया गया, देश को आजादी मिलने के कुछ ही समय बाद। वे जेल से बाहर आए तो उन्होंने देखा कि अंग्रेज देश छोड़कर जाने लगे थे—या तो इंग्लैंड या बची हुई ब्रिटिश कॉलोनियों में। दादी का देहांत हो चुका था। आंटी मेबल अपने पति के साथ दक्षिण अफ्रीका में बस गई थीं। अंकल बिल को एहसास हुआ कि भारत में उनका कोई भविष्य नहीं है और वह अपनी बहन के पीछे-पीछे जोहान्सबर्ग चले गए। मैं अपने बोर्डिंग स्कूल के अंतिम वर्ष में

था। पिताजी की मृत्यु के बाद मेरी माँ ने एक इंडियन (भारतीय) से शादी कर ली थी और मुझे अपना भविष्य अब भारत में ही नजर आ रहा था। मैंने अंकल बिल को उनके जेल से छूटने के बाद नहीं देखा था और किसी ने सपने में भी नहीं सोचा था कि वह फिर कभी भारत आएँगे। लेकिन लगभग पंद्रह वर्ष पूरे होने को थे, जब वे भारत लौटकर आए। तब तक मैं तीस साल का हो चुका था और एक पुस्तक का लेखक भी बन चुका था, जो बेस्टसेलर की गिनती में आती थी। पिछले पंद्रह वर्षों में मैंने काफी संघर्ष किया था—ऐसा संघर्ष, जिसका अनुभव लगभग हर स्वतंत्र युवा लेखक करता है। लेकिन आखिरकार मेरी कड़ी मेहनत रंग लाई थी और मुझे रॉयल्टी मिलने लगी थी।

मैं फॉस्टरगंज के हिल स्टेशन के बाहरी इलाके में एक छोटे से कॉटेज में रहकर अपनी दूसरी पुस्तक पर काम कर रहा था, जब मेरे घर एक अनपेक्षित मेहमान आया।

वह पचास पार का एक दुबला व झुका हुआ आदमी था। उसके बाल सफेद हो चुके थे, मूँछें अव्यवस्थित थीं और दाँत पीले पड़ चुके थे। वैसे तो वह कमजोर और हानि-रहित सा आदमी लग रहा था, लेकिन उसकी नीली आँखें सर्द और कठोर थीं। मुझे वह कुछ जाना-पहचाना सा लगा।

"तुमने मुझे पहचाना नहीं?" उसने पूछा, "वैसे इतने सालों बाद मुझे इसकी उम्मीद भी नहीं थी···"

"एक मिनट। क्या आपने मुझे स्कूल में पढ़ाया है?"

"नहीं; लेकिन तुम्हें मैं जाना-पहचाना लग रहा हूँ न!" उसने अपना सूटकेस नीचे रखा तो मैंने एयरलाइंस के लेबल पर उसका नाम देखा।

मैंने हैरानी से ऊपर देखा, "आप···नहीं, आप वो नहीं हो सकते···"

"तुम्हारा अंकल बिल, उन्होंने मुसकराकर कहा और अपना हाथ आगे बढ़ा दिया—कोई और नहीं!" और वो घर के अंदर आ गए।

मुझे यह बात माननी पड़ेगी कि उनके आने को लेकर मेरे अंदर मिली-जुली भावनाएँ उमड़ रही थीं। हालाँकि मैंने कभी उनसे नफरत नहीं की थी, लेकिन जो उन्होंने किया था, उसे कभी सही भी नहीं माना था। मुझे लगता था कि किसी को जहर देना, उन लोगों से छुटकारा पाने का एक पूरी तरह से निंदनीय तरीका है, जिन्हें आप पसंद नहीं करते या जिनकी वजह से आप असुविधा महसूस करते हैं; हालाँकि ऐसा नहीं है कि मेरे पास ऐसे लोगों से छुटकारा पाने का कोई सराहनीय तरीका था। फिर भी वे सब बहुत पहले हुआ था; उन्हें सजा भी मिल चुकी थी'' और मुमकिन है कि वह अब सुधर चुके हों।

''और तुमने इतने सालों में क्या-क्या किया?'' उन्होंने कमरे में मौजूद इकलौती आरामदेह कुरसी पर बैठते हुए मुझसे पूछा।

''ओह, मैं तो बस लिखता रहा।'' मैंने जवाब दिया।

''हाँ, मैंने तुम्हारी पिछली किताब के बारे में सुना है। उसको काफी सफलता मिली है न?''

''हाँ, काफी पसंद किया लोगों ने उसे। आपने पढ़ी है?''

''मैं ज्यादा पढ़ता नहीं।''

''और आप इतने साल क्या करते रहे, अंकल बिल?''

''ओह, इधर-उधर धक्के खाता रहा। कुछ दिन एक सॉफ्ट ड्रिंक (ठंडे पेय) की कंपनी में काम किया, फिर एक दवा कंपनी में। वहाँ मेरी केमिकल की जानकारी बहुत काम आई।''

''आप आंटी मेबल के साथ साउथ अफ्रीका में नहीं थे?''

''मैं उससे अकसर मिलता था, लेकिन दो साल पहले उसकी मृत्यु हो गई। तुम्हें नहीं पता?''

''नहीं। मैं किसी भी रिश्तेदार के संपर्क में नहीं हूँ।'' मैं आशा कर रहा था कि मेरी इस बात से वह मेरा इशारा समझ जाएँगे। ''और उनके पति कहाँ हैं?''

"वह भी मर गए, कुछ ही दिनों बाद। अब हमारे परिवार में ज्यादा लोग नहीं बचे हैं, मेरे बच्चे। इसलिए, जब मैंने तुम्हारे बारे में अखबार में पढ़ा तो सोचा, क्यों न अपने इकलौते भानजे से एक बार फिर जाकर मिल लूँ!"

"आप खुशी से कुछ दिन यहाँ रह सकते हैं।" मैंने जल्दी से कहा, "फिर मुझे बॉम्बे जाना है।" (यह एक झूठ था, लेकिन अंकल बिल की जिंदगी भर देखभाल करने का खयाल मुझे बहुत रुचिकर नहीं लग रहा था।)

"ओह, मैं ज्यादा दिन यहाँ नहीं रहूँगा।" उन्होंने कहा, "जोहान्सबर्ग में मेरा बहुत सा पैसा लगा है। वह तो मेरी जानकारी में तुम मेरे अकेले जीवित रिश्तेदार हो, इसलिए मैंने सोचा, तुमसे मिलना अच्छा रहेगा।"

राहत की साँस लेकर मैं अंकल बिल को यथासंभव आराम देने की कोशिश में लग गया। मैंने उन्हें अपना बेडरूम (शयनकक्ष) दे दिया और खिड़की के पास की जगह पर अपना बिस्तर लगा लिया। मैं खाना बहुत बुरा बनाता था; लेकिन अपने पूरे कौशल का प्रयोग करके मैंने अंडे की भुर्जी बनाई। उन्होंने मेरी क्षमायाचना को किनारे कर दिया। उन्होंने कहा कि वो वैसे भी बहुत कम खाते थे। जेल के आठ सालों ने उनके पेट को लोहे जैसा बना दिया था।

वह मेरे काम के रास्ते में नहीं आते थे और मुझे मेरे लेखन और मेरी एकाकी सैर के साथ छोड़ देते थे। वह खुद वसंत ऋतु की गुनगुनी धूप में बैठकर अपना पाइप पीने में संतुष्ट लगते थे।

मेरे घर पर उनकी तीसरी शाम थी, जब उन्होंने कहा, "ओह, मैं तो भूल ही गया था। मेरे सूटकेस में एक शैरी की बोतल है। मैं खास तौर से तुम्हारे लिए लाया था।"

"मेरे बारे में इतना सोचने के लिए शुक्रिया, अंकल बिल। आपको कैसे पता, मुझे शैरी पसंद है?"

''बस, मेरे मन ने कहा। तुम्हें सच में शैरी पसंद है न?''

''एक बढ़िया शैरी जैसी और कोई चीज नहीं होती।''

वह अपने बेडरूम में गए और दक्षिण अफ्रीकी शैरी की नई बोतल लेकर बाहर आए।

''अब तुम हीटर के पास आराम करो।'' उन्होंने प्रेमपूर्वक कहा, ''मैं गिलास ले आता हूँ और फिर बोतल खोलता हूँ।''

वह किचन में चले गए और मैं हीटर के पास बैठकर कुछ पत्रिकाओं के पन्ने पलटने लगा। मुझे महसूस हुआ कि अंकल बिल को गिलास लाने में कुछ ज्यादा ही समय लग रहा था। अंतर्ज्ञान शायद हमारे पूरे परिवार की विशेषता थी, क्योंकि मुझे अचानक एक आभास हुआ···कि शायद अंकल बिल मुझे भी जहर देने की कोशिश कर रहे हों।

फिर मैंने सोचा कि आखिर वह लगभग पंद्रह साल बाद यहाँ आए हैं तो जाहिर है, उनके आने का कारण भावनात्मक होगा। लेकिन हाल ही में मेरी जो पुस्तक छपी थी, वह बेस्टसेलर की गिनती में आ गई थी। और मैं उनका सबसे नजदीकी रिश्तेदार था। अगर मैं मर जाता हूँ तो अंकल बिल मेरी जायदाद पर अपना हक जता सकते हैं और अगले पाँच-छह सालों तक मेरी रॉयल्टी पर आराम से जिंदगी गुजार सकते हैं।

आंटी मेबल और उनके पति के साथ सच में क्या हुआ था, मैं सोचने लगा। और अंकल बिल को भारत आने के लिए पैसे कहाँ से मिले?

इससे पहले कि मैं अपने आपसे कोई और प्रश्न पूछता, वह ट्रे में गिलास लेकर प्रकट हो गए। उन्होंने हमारे बीच में रखी छोटे से टेबल पर ट्रे रख दी। दोनों गिलास भरे हुए थे। उनमें शैरी चमक रही थी।

मैंने अपने पासवाले गिलास को गौर से देखकर यह पता लगाने की कोशिश की कि कहीं उसमें अधिक झाग तो नहीं हैं। लेकिन दोनों गिलासों की शैरी में मुझे कोई फर्क नजर नहीं आया।

मैंने निश्चय किया कि कोई जोखिम नहीं उठाऊँगा। कश्मीरी अखरोट

की लकड़ी से बनी वह ट्रे गोलाकार थी। मैंने अपनी उँगली से उसे घुमा दिया, ताकि गिलासों के स्थान बदल जाएँ।

''तुमने ऐसा क्यों किया?'' अंकल बिल ने पूछा।

''ये यहाँ का रिवाज है। ट्रे को पूरा घुमा दिया जाता है। कहते हैं, ऐसा करना शुभ होता है।''

अंकल बिल कुछ देर सोचते रहे, फिर बोले, ''ऐसा है तो हम इसे और शुभ बना देते हैं।'' और उन्होंने ट्रे को फिर से घुमा दिया।

''अब तो आपने सब बिगाड़ दिया।'' मैंने कहा, ''इसे लगातार नहीं घुमाना चाहिए। ऐसा करना तो अशुभ होता है। बुरी किस्मत को भगाने के लिए मुझे ट्रे को फिर से घुमाना पड़ेगा।''

मैंने ट्रे को फिर से घुमा दिया और अब अंकल बिल के सामने वह गिलास था, जो उन्होंने मेरे लिए रखा था।

''चियर्स!'' मैंने कहा और शैरी का घूँट भरा।

शैरी अच्छी थी। अंकल बिल झिझके, लेकिन फिर उन्होंने अपने कंधे उचकाए और बोले, ''चियर्स!'' और गिलास की पूरी शैरी पी गए।

लेकिन उन्होंने गिलासों को दोबारा भरने का प्रस्ताव नहीं रखा। अगली सुबह उनकी तबीयत बहुत खराब हो गई। मैंने कमरे में से उनके उलटी करने की आवाज सुनी और मदद के उद्देश्य से उनके पास चला गया। वह कराह रहे थे और उनका सिर बिस्तर के एक ओर लटक गया था। मैं उनके लिए एक कटोरदान और पानी का जग ले गया।

''मैं आपके लिए डॉक्टर बुलाऊँ क्या?'' मैंने पूछा।

उन्होंने सिर हिला दिया—''नहीं, मैं ठीक हो जाऊँगा। लगता है, मैंने कुछ गलत खा लिया था।''

''पानी की वजह से भी हो सकता है। इस मौसम में पानी बहुत साफ नहीं आता। फॉस्टरगंज आनेवाले ज्यादातर लोगों के पेट खराब हो जाते हैं।''

"हाँ, यही बात होगी।" उन्होंने कहा और फिर से पेट पकड़कर दोहरे हो गए।

शाम तक उनकी हालत में सुधार हो गया। जो कुछ भी उन्होंने गिलास में डाला था, शायद उसकी मात्रा कम रही होगी। अगले दिन उनकी तबीयत इतनी अच्छी हो गई थी कि उन्होंने अपना सूटकेस पैक करके अपने जाने की घोषणा कर दी। उन्होंने कहा कि फॉस्टरगंज का मौसम उनको रास नहीं आ रहा था।

उनके निकलने से कुछ देर पहले मैंने पूछा, "ये बताइए अंकल, आपने उसे पिया क्यों?"

"क्या पिया? पानी?"

"नहीं, वो शैरी का गिलास, जिसमें आपने अपना वह मशहूर पाउडर मिलाया था।"

उन्होंने मेरी ओर सकपकाकर देखा, फिर घबराहट और घिघियाहट भरी हँसी हँसे—"तुम मजाक करने से बाज नहीं आते न!"

"नहीं, मैं सच में जानना चाहता हूँ।" मैंने कहा, "आपने उस गिलास की शैरी क्यों पी? मैं जानता हूँ, वो मेरे लिए थी।"

उन्होंने अपने जूतों की ओर देखा, फिर अपने कंधे उचकाकर मुड़ गए।

उन परिस्थितियों में उन्होंने कहा, "मुझे वही करना उचित लगा।"

अंकल बिल के बारे में मुझे एक बात तो कहनी पड़ेगी—वो हमेशा एक सभ्य, सज्जन पुरुष की तरह आचरण करते थे।

□

ये आए मि. ऑलिवर

हमारे स्काउट मास्टर होने के साथ साथ मि. ऑलिवर हमारे गणित के अध्यापक भी थे। एक ऐसा विषय, जिसमें मुझे पास होने जितने नंबर भी मुश्किल से मिलते थे। कभी-कभी मैं पास हो जाता था, लेकिन ज्यादातर मुझे सौ में से बीस या तीस नंबर ही मिलते थे।

"तुम फिर फेल हो गए बॉण्ड।" मि. ऑलिवर कहते थे, "तुम बड़े होकर क्या करोगे?"

"स्काउट मास्टर बनूँगा, सर।"

"स्काउट मास्टरों को पैसे नहीं मिलते। ये बिना वेतन की नौकरी होती है। लेकिन तुम कुक (रसोइया) बन सकते हो। वो काम तुम्हारे लिए अच्छा रहेगा।" वह हमारा स्काउट कैंप नहीं भूले थे, जिसमें मैंने रसोइए की जिम्मेदारी सँभाली थी।

अगर मि. ऑलिवर का मूड अच्छा होता था तो वह मुझे एक-दो ग्रेस मार्क्स देकर पास कर देते थे। वह सख्त स्वभाव के तो नहीं थे, लेकिन मुसकराते बहुत कम थे। उनका रंग साँवला था, शरीर दुबला-पतला, कमर झुकी हुई थी (दूर से वह प्रश्न-चिह्न की तरह लगते थे) और सिर के बाल तेजी से कम हो रहे थे। उनकी उम्र चालीस के आस-पास थी, लेकिन उन्होंने शादी नहीं की थी। लोग कहते थे कि उन्होंने प्यार में धोखा खाया था। जिस लड़की से वह शादी करने वाले थे, उसने उन्हें ऐन मौके पर छोड़ दिया था और एक सेलर (नाविक) के साथ

भाग गई थी। बेचारे मि. ऑलिवर चर्च में शादी के लिए उसका इंतजार करते रह गए थे। शायद इसीलिए उनके चेहरे पर हमेशा उदासी छाई रहती थी।

मि. ऑलिवर का एक साथी था, जो हमेशा उनके साथ रहता था—एक नन्हा सा डैशुंड नस्ल का कुत्ता, जो इनसानों को, और खास तौर से छोटे लड़कों को, तिरस्कार और अकसर दुश्मनी की नजरों से देखता था। हम उसे 'हिटलर' कहकर बुलाते थे। कोई उससे दोस्ती करने का प्रयास करता तो उसे पसंद नहीं आता था और यदि कोई उसे थपथपाता या उस पर हाथ फेरता तो वह उस इनसान की उँगलियाँ काटने की भरपूर कोशिश करता और उँगलियाँ नहीं काट पाता तो टखने या पिंडलियों पर तो दाँत लगा ही देता। लेकिन हाँ, वह मि. ऑलिवर के प्रति बहुत वफादार था और उनके पीछे-पीछे हर जगह जाता था, सिवाय क्लासरूम के; क्योंकि वहाँ उसे लाने की इजाजत हमारे प्रिंसिपल ने नहीं दी थी।

आपको वो पुरानी बाल कविता याद होगी—

मैरी हैड अ लिटिल लैंब,
इट्स फ्लीस वॉज वाइट ऐज स्नो
ऐंड एवरीव्हेयर दैट मैरी वेंट
द लैंब वॉज श्योर टू गो।

हाँ, तो हमने इस कविता का अपना रूपांतर तैयार कर लिया और मैं स्वीकार करता हूँ कि इसकी रचना में मेरा भी सहयोग था। हमारी कविता कुछ यूँ थी—

ऑली हैड अ लिटिल डॉग,
इट वॉज नेवर आउट ऑफ साइट,
ऐंड एवरीवन दैट ऑली मेट
द डॉग वॉज श्योर द बाईट!

वह स्कूल के मैदान में भी उनके पीछे घूमता रहता था। जब वे

देवदार के पेड़ों के बीच टहलते थे या ब्रोकहर्स्ट टेनिस कोर्ट जाते थे, तब भी वह उनके पीछे जाता था। वह उनके पीछे शहर जाता था और फिर शहर से वापस भी उनके पीछे ही आता था। मि. ऑलिवर का न कोई और दोस्त था, न कोई साथी। वो कुत्ता उनके बिस्तर के पैताने सोता था। वह नाश्ते की टेबल पर नहीं बैठता था, लेकिन डिनर(रात के खाने) में मक्खन लगे टोस्ट, सूप और क्रैकर्स खाता था। मि. ऑलिवर को अपना लंच (दोपहर का खाना) स्टाफ और लड़कों के साथ डाइनिंग हॉल में खाना पड़ता था; लेकिन उन्होंने ऐसी व्यवस्था कर रखी थी, जिससे एक प्लेट दाल, चावल और रोटियाँ उनके क्वार्टर में उनके खाए-पिए कुत्ते के पास पहुँच जाती थीं।

और फिर वह हादसा हो गया।

मि. ऑलिवर और हिटलर देवदार के पेड़ों के बीच से टहलकर स्कूल लौट रहे थे। शाम होने को थी और अँधेरा तेजी से बढ़ रहा था। अचानक एक पेड़ के पीछे से एक दुबला-पतला, भूखा चीता प्रकट हुआ। वह उस असहाय कुत्ते पर झपटा, उसे उठाकर सड़क पर पटका और फिर अपने मजबूत जबड़ों में उसे दबाकर जंगल के अँधेरों में गुम हो गया।

मि. ऑलिवर, जिन्हें चीते ने कोई नुकसान नहीं पहुँचाया था, पल भर के लिए स्तंभित होकर खड़े रह गए। फिर वह मदद के लिए पुकार लगाने लगे। उधर से गुजरने वाले कुछ और लोग भी, जिन्होंने वह हादसा अपनी आँखों से देखा था, चिल्लाने लगे। मि. ऑलिवर जंगल की ओर दौड़ पड़े; लेकिन न चीता कहीं नजर आया, न कुत्ता।

मि. ऑलिवर एक हारे, टूटे हुए इनसान प्रतीत हो रहे थे। वह भावहीन चेहरा लेकर अपना काम पूर्ववत् करते रहे। लेकिन हमें साफ पता चल रहा था कि वह अपने प्यारे साथी के जाने से कितने दु:खी हैं! क्लासरूम में भी वह तटस्थ से रहते थे, इस बात के प्रति उदासीन कि हम ब्लैकबोर्ड

पर लिखी उनकी गणनाओं को समझ भी रहे हैं या नहीं। व्यक्तिगत हानि के सामने हाइएस्ट कॉमन फैक्टर का कोई महत्त्व नहीं था।

अब मि. ऑलिवर शाम को टहलते हुए नहीं दिखाई देते थे। वह अपने कमरे में बैठकर अकेले ताश खेलते रहते थे। खाने को भी अन्यमनस्क ढंग से छूते और लगभग पूरा खाना परे सरका देते थे। अब वे अपने घर रोटियाँ भी नहीं भेजते थे।

''ऑली को दूसरे पेट (पालतू जानवर) की जरूरत है।'' समझदार बिमल ने कहा।

''या एक बीवी की।'' ताता ने राय दी, जिसका दिमाग उस ओर अधिक चलता था।

''उनकी उम्र काफी हो गई है—चालीस के ऊपर।''

''एक पालतू पशु सबसे अच्छा रहेगा।'' मैंने निर्णय लिया, ''तोता कैसा रहेगा?''

''तोते को वे अपने साथ टहलाने नहीं ले जा सकते।'' बिमल ने कहा, ''ऑली को कोई ऐसा चाहिए, जो उनके साथ घूम सके।''

''तो फिर शायद एक बिल्ली…''

हिटलर को बिल्लियों से नफरत थी। बिल्ली पालना उसकी यादों का अपमान करने जैसा होगा।

''उनके लिए दूसरा डैशुंड ही ठीक रहेगा। लेकिन यहाँ तो वो मिलते नहीं।

''किसी भी नस्ल का कुत्ता चलेगा। हम चिप्पू से एक पिल्ला लाने के लिए कहेंगे।''

चिप्पू कैंटीन चलाता था। वह छोटा शिमला बाजार में रहता था और कभी-कभी हम उससे लट्टू, कंचे, कॉमिक्स और दूसरी छोटी-मोटी चीजें मँगवा लिया करते थे, जो हमें स्कूल में नहीं मिलती थीं। हम पाँच बालचरों ने एक-एक रुपए का योगदान किया और चिप्पू को पाँच

रुपए देकर एक पिल्ला लाने के लिए कहा।

‘‘अच्छी नस्ल का लाना।’’ हमने उसे निर्देश दिया, ‘‘सड़क का देसी पिल्ला मत उठा लाना।’’

अगली शाम को चिप्पू एक ऐसा पिल्ला लेकर आया, जो कम-से-कम पाँच नस्लों का मेल लग रहा था—निस्संदेह सभी अच्छी नस्लों का मेल! उसका एक कान चपटा था और दूसरा सीधा खड़ा था। उसके शरीर पर डालमेशियन की तरह धब्बे थे, लेकिन उसके पैर स्पैनियल की तरह थे और पूँछ पौमरेनियन के जैसी। वह खूब रोएँदार और खिलंदड़ा था और अपनी पूँछ हिलाता रहता था, इतनी जितनी हिटलर ने कभी नहीं हिलाई थी।

‘‘यह तो बहुत प्यारा है।’’ ताता ने कहा, ‘‘ये जरूर मादा होगी।’’

‘‘हो सकता है उन्हें मादा न चाहिए हो।’’ बिमल बोला।

‘‘कोशिश करते हैं।’’ मैंने कहा।

हमने खाने की घंटी बजने के पहले अपने खेल-कूद के पीरियड में जाकर पिल्ले को मि. ऑलिवर के घर के मुख्य द्वार के बाहर की सीढ़ियों पर रख दिया। फिर हमने दरवाजे पर दस्तक दी और दौड़कर बाहर लगे हिबिस्कस के पौधों के पीछे छुप गए।

मि. ऑलिवर ने दरवाजा खोला। उन्होंने भावशून्य नजरों से नीचे बैठे पिल्ले को देखा। वह उनके जूते पर अपना पंजा मारने लगा, जिससे जूते का एक फीता खुल गया।

‘‘भागो यहाँ से!’’ मि. ऑलिवर बोले, ‘‘भाग जाओ!’’ और उन्होंने कोमलता से, लेकिन दृढता से उसे वहाँ से हटा दिया।

दस मिनट बाद हमने दोबारा कोशिश की, लेकिन नतीजा वही निकला। अब वह खिलंदड़ा पिल्ला हमारे जिम्मे था और चिप्पू घर जा चुका था। हमें उस पिल्ले को अपने छात्रावास में छुपाना था।

पहले हमने उसे बिमल के लॉकर में छुपाया; लेकिन वह वहाँ से

निकलने के लिए जोर-जोर से भौंकने और संघर्ष करने लगा। ताता उसे स्नानघर में ले गया, लेकिन वह वहाँ भी रहने को तैयार नहीं था। वह पूरे छात्रावास में दौड़ने-भागने लगा और मोजों, चप्पलों और जो कुछ भी उसे मिल रहा था, से खेलने लगा।

"बचके रहो!" एक लड़का फुसफुसाकर बोला, "मिसेज फिशर आ रही हैं!"

मिसेज फिशर हेडमास्टर साहब की पत्नी थीं और इस समय वे अपने रात के दौरे पर थीं, इस बात की पुष्टि करने के लिए कि हम सब अपने बिस्तरों में थे और कोई खुराफात नहीं कर रहे थे।

मैंने पिल्ले को उठाकर अपने कंबल में छुपा लिया। वह मेरे पैर के पंजों को चाटता हुआ चुपचाप कंबल में घुसा रहा। जब मिसेज फिशर चली गईं तो मैंने उसे बाहर निकाल लिया। बाकी की रात वह हमारे शयनागार में आजादी से उछलता-कूदता रहा।

सुबह होते ही, उजाला होने से पहले ही बिमल और मैं अपने पाजामों में ही पिल्ले को लेकर बाहर निकल गए। हमने मि. ऑलिवर के दरवाजे को जोर से खटखटाया और तब तक खटखटाते रहे, जब तक कि हमें उनके पैरों की आहट अपनी ओर आते सुनाई नहीं देने लगी। जैसे ही दरवाजा थोड़ा सा खुला (क्योंकि मि. ऑलिवर हमेशा सतर्क रहते थे और पूरा दरवाजा एक साथ नहीं खोलते थे), हमने पिल्ले को अंदर की ओर धक्का दे दिया और सरपट वहाँ से भाग निकले।

मि. ऑलिवर रोज की तरह कक्षा में आए, लेकिन उनके साथ कोई पिल्ला नहीं था। तीन-चार दिन बीत गए, लेकिन पिल्ला नहीं दिखा। क्या उन्होंने वह पिल्ला किसी और को दे दिया था या उसे यूँ ही भटकने के लिए छोड़ दिया था?

"ये आ रहे ऑली सर!" बिमल ने स्कूल की घंटी के पासवाले हमारे प्रिय स्थान से पुकारा। मि. ऑलिवर अपनी शाम की चहलकदमी

के लिए निकल रहे थे। उनके पास एक मोटी सी अखरोट की लकड़ी से बनी छड़ी थी, निश्चित रूप से चीतों को दूर रखने के लिए। उन्होंने न दाएँ देखा, न बाएँ और अगर उन्होंने हमें अपने पर नजर रखते हुए देखा भी होगा तो जाहिर नहीं किया। लेकिन फिर उनके पीछे दौड़ता हुआ पिल्ला भी आया। अनेक अच्छी नस्लों का मेल वह पिल्ला मि. ऑलिवर के साथ टहलने जा रहा था। उसके रोएँ अच्छी तरह ब्रश करके सँवारे हुए थे और उसके गले में चटक लाल रंग का पट्टा था। मि. ऑलिवर की तरह उसने भी हमें नजरअंदाज कर दिया और अपने नए मालिक के साथ कूदता-फाँदता चलता रहा।

मि. ऑलिवर और वह पिल्ला जल्दी ही अभिन्न साथी बन गए। मेरे दोस्त और मैं अपने इस कारनामे पर खुश थे। मि. ऑलिवर ने इस बात को बिलकुल जाहिर नहीं होने दिया कि वह जानते थे कि पिल्ला कहाँ से आया था। लेकिन परीक्षाएँ खत्म होने के बाद, जब बिमल और मैं अपने आपको इस बात के लिए तैयार कर रहे थे कि गणित में तो हमें फेल ही होना है, हमें यह देखकर बहुत आश्चर्य हुआ कि हम पास हो गए थे—ग्रेस मार्क्स के साथ!

"हमारे प्यारे सर ऑली!" बिमल बोला, "इसका मतलब वो हमेशा से जानते थे।

ताता को तो खैर ग्रेस मार्क्स नहीं मिले; वह गणित में बहुत तेज था। लेकिन बिमल ने और मैंने निश्चय किया कि हम मि. ऑलिवर को उनकी इस नेकी के लिए धन्यवाद देंगे।

"मुझे शुक्रिया कहने की जरूरत नहीं है।" मि. ऑलिवर ने फौरन कहा, "मैं जूनियर स्कूल में तुम लोगों को बहुत झेल चुका हूँ। अब तुम्हारे सीनियर स्कूल में जाने का समय आ गया है···और वहाँ तुम्हें भगवान् ही बचाएगा!"

□

मि. ऑलिवर की डायरी

मि. ऑलिवर, हमारे गणित के अध्यापक और स्काउट मास्टर, डायरी लिखते थे। ये हैं उनकी डायरी के कुछ अंश—

25 अप्रैल, जूनियर छात्रावास में एक बच्चा नींद में चलता है।

कल रात को बासु, जो जूनियर छात्रावास का प्रीफेक्ट है, रात को 11 बजे इस हैरानी भरी खबर के साथ मेरा दरवाजा खटखटाता है कि वह लड़का चोपड़ा छात्रावास से बाहर निकल गया है और खेल के मैदान में टहल रहा है।

मैं अपना ड्रेसिंग गाउन और स्लिपर्स पहनकर पाजामा पहने बासु के पीछे-पीछे मैदान तक जाता हूँ, जहाँ मैं देखता हूँ कि चोपड़ा सच में वहाँ ऐसे टहल रहा है जैसे किसी समाधि की अवस्था में हो।

''चोपड़ा!'' मैं पुकारता हूँ, ''तुम इस समय यहाँ क्या कर रहे हो? फौरन अपने कमरे में वापस जाओ।''

मुझे कोई प्रतिक्रिया नहीं मिलती है। वह आगे बढ़ता रहता है।

हम छुपकर उसके पीछे चलने लगते हैं। हम उसे चौंकाना नहीं चाहते। हमें बताया गया है कि नींद में चलनेवालों को बहुत धीरे से, नरमी से जगाना चाहिए।

चोपड़ा और तेजी से चलने लगता है। मेरे लिए उस पर नजर बनाए रखना मुश्किल होता जा रहा है।

''मैं जाकर उसे पकड़ूँ, सर?'' बासु ने पूछा।

"नहीं, देखते हैं वो कहाँ जाता है!"

चोपड़ा खेल का मैदान पार करके स्कूल के गेट से बाहर निकल गया।

"वह शहर की ओर जा रहा है, सर!" बासु उत्तेजित होकर बोला।

"वो नींद में चलते हुए शहर तक तो नहीं जा सकता।"

मेरा अनुमान सही था। वह सड़क पर करीब सौ मीटर चला, फिर मुड़ गया और हमारी बगल से होता हुआ निकल गया।

"उसकी आँखें खुली हैं, लेकिन वह हमें देख नहीं रहा है।" बासु ने ध्यान दिया।

वो पक्का नींद में ही चल रहा है।

उसके बाद चोपड़ा ने हेडमास्टर साहब के किचन गार्डन का चक्कर लगाया, जिससे आलू की तलाश में जड़ खोद रहे दो साही परेशान हो गए। फिर वह स्कूल की मुख्य इमारत की ओर लौट गया (बासु और मैं उसके पीछे ही थे) और डाइनिंग रूम से होते हुए अपने शयनागार की सीढ़ियाँ चढ़ गया। जब तक हम वहाँ पहुँचे, वह अपने पलंग पर चढ़कर कंबल में घुस चुका था। हमें बेवक्त अपने पीछे दौड़ाकर अब वह शांति से सो रहा था, इस बात से अनजान कि कुछ देर पहले क्या हुआ था। बासु सोने चला गया और मैं अपने कमरे में आ गया। आवाज से टोटा की नींद खुल गई और उसने अपनी पूँछ उठाकर और कूँ-कूँ करके मेरा स्वागत किया।

डायरी में इस घटना के बारे में मैंने सुबह-सुबह लिखा है। दोबारा पढ़ने पर मैं देख सकता हूँ कि मैंने भूतकाल-भविष्यकाल सब मिला दिए हैं। शायद ऐसा मेरी उत्तेजना की वजह से हुआ है।

4 मई—किसी ने हमारे संस्थापक की तसवीर को बिगाड़ दिया है और हेडमास्टर बहुत गुस्से में हैं।

तसवीर हमारे असेंबली हॉल के एक किनारे पर लगी हुई है—रेव कांस्टेंट एंडोवर का एक तैल चित्र, जिन्होंने सौ वर्ष पहले हमारा स्कूल

शुरू किया था। उनकी एक और उपलब्धि थी—गोस्पेल्स का पश्तू में अनुवाद। बाद में उनके एक अनुचर ने ही उनकी हत्या कर दी थी। उनकी कब्र (जो पेशावर में है) पर लिखा है—'शाबाश, ईश्वर के सच्चे और वफादार सेवक'।

खैर, मैं ज्यादा पीछे नहीं जाऊँगा।

रेव एंडोवर की दाढ़ी-मूँछें नहीं थीं, लेकिन तसवीर बिगाड़नेवाले ने उन्हें बड़ी सी हैंडल जैसी मूँछें, चटक लाल जोकर जैसी नाक, पीले कागज का बना हैट और एक जोड़ी कान की बालियाँ दी थीं।

हम सबको असेंबली हॉल में बुलाया गया, जहाँ हेडमास्टर ने हमें आधे घंटे का भाषण दिया, जिसमें उन्होंने उस अनजान अपराधी का वर्णन एक नीच और मनहूस प्राणी के रूप में किया, जो बड़ा होकर आतंकवादी बनने वाला था। स्थिति और भी बुरी हो गई, जब पोर्ट्रेट लिखी इबारत को गौर से देखने पर पता चला कि फाउंडर के नाम के अक्षर भी बदल दिए गए हैं और अब वह 'रेव कांस्टेंट बेंदोवर' हो गए हैं।

जब यह बात पता चली तो हममें से कुछ लोग हँसे बिना नहीं रह सके। हमारी हँसी छूत की तरह फैल गई और पूरे हॉल में हँसी की आवाज गूँजने लगी।

'शांत रहिए!' हेडमास्टर साहब गरजे, 'मैं जानना चाहता हूँ कि ये हरकत किसने की है?'

हॉल में सन्नाटा छा गया, लेकिन जुर्म स्वीकार करके उस सन्नाटे को तोड़ने का प्रयास किसी ने नहीं किया।

'यदि अपराधी सामने आकर अपनी गलती स्वीकार नहीं करेगा तो इस वीकेंड (सप्ताहांत) कोई बाहर नहीं जाएगा।'

विरोध भरी फुसफुसाहट उभरी, लेकिन सामने कोई नहीं आया।

'और कैंटीन भी एक सप्ताह के लिए बंद रहेगी!' हेडमास्टर ग्रोंस ने आगे कहा।

ये धमकी सच में बहुत बड़ी थी।

अचानक पहली पंक्ति (कक्षा 1 की) से एक पतली सी आवाज आई, 'ये हमने किया है, सर!'

इतने बड़े अपराध को स्वीकार करनेवाला हमारे स्कूल का सबसे छोटा लड़का पोपट था।

हालाँकि हेडमास्टर साहब इतनी बड़ी स्वीकारोक्ति से चौंक गए थे, लेकिन उसका व्याकरण सुधारने से वह खुद को नहीं रोक पाए।

'ये मैंने किया है, पोपट।'' उन्होंने उसकी गलती सुधारी। संकट की इस घड़ी में भी गलत व्याकरण उन्हें स्वीकार नहीं था।

'नहीं सर, आपने नहीं', पोपट को लगा, वे उसका अपराध अपने ऊपर ले रहे हैं, 'हमने किया।'

'मैंने किया।'

'हमने किया।'

इस बहस को सुनकर हॉल में मौजूद सभी लोग ठहाके लगाने लगे और आखिरकार हेडमास्टर साहब भी मुसकराए बिना नहीं रह सके।

पोपट ने अपने खाली समय में तसवीर को साफ करने का वादा किया और मिस रमोला ने उसकी सहायता करने का वादा किया। वीकेंड पर बाहर जाने पर से रोक हट गई, कैंटीन का बंद होना टल गया और पोपट एक दिन के लिए हीरो बन गया।

20 जून को स्कूल में मैराथन का आयोजन किया गया। सभी दौड़े, लेकिन अंतिम रेखा तक बहुत कम पहुँच पाए।

मैं लड़कों के साथ आरंभ स्थल तक गया, जो गवर्नर के बँगले के पास था और झंडा दिखाकर उन्हें रवाना किया, फिर उनके पीछे धीमी गति से दौड़ने लगा।

सबसे पहले बाहर होनेवाला लड़का चोपड़ा था, नींद में चलनेवाला हमारा छात्र। मुझे वह अपनी कमर को दोनों ओर से पकड़े रेलिंग के पास मिला।

''थक गया, सर।'' उसने कहा, ''मेरे हिसाब से इतनी दूरी बहुत ज्यादा है।''

''नींद में तो तुम काफी दूर चल लेते हो।'' मैंने कहा, ''तुमने कई बार हमें अपने पीछे बहुत दूर तक भगाया है।''

''शायद इसीलिए मुझे बहुत थकान महसूस हो रही है, सर। नींद में इतना चलना! लेकिन मुझे कुछ याद नहीं है।''

''खैर, अगर तुम मैराथन पूरी करोगे तो नींद में चलने के लायक नहीं रहोगे, इसलिए भागो यहाँ से!''

चोपड़ा कराहते हुए उठा और लड़खड़ाते हुए वहाँ से चला गया।

बाहर आनेवाला अगला लड़का गौतम था।

''मेरी कमर में टाँके लगे हैं, सर। मुझे इतना दौड़ने की आदत नहीं है।''

''तो फिर यही मौका है आदत डालने का। जो तीन लोग सबसे पहले अंतिम रेखा पार करेंगे, उन्हें अगले शनिवार नहीं दौड़ना पड़ेगा। तुम अच्छे धावक हो, कैंटीन में सबसे पहले पहुँचते हो, आज अपनी किस्मत अधिक दूरी के लिए आजमाओ।'' और मैंने उसे फिर दौड़ा दिया।

कुछ और दूर पहुँचने पर मैंने ताता, मिर्ची और बासु को एक आग के इर्द-गिर्द जमे देखा, जिसमें भुट्टे सिंक रहे थे।

''एक भुट्टा लीजिए, सर।'' मेहमाननवाजी को सदा तत्पर ताता ने आग्रह किया।

''नमक के साथ अच्छे लगते हैं।'' मिर्ची ने कहा।

''लेकिन मक्खन के साथ सबसे अच्छे लगते हैं।'' बासु ने कहा, ''ये अलग बात है कि हमारे पास मक्खन नहीं है।''

''मैं तुम तीनों को मक्खन लगा दूँगा, अगर तुमने फौरन दौड़ना शुरू नहीं किया तो'' मैंने कहा। तीनों ने अपने भुट्टे लिये और दौड़ने लगे। लेकिन मैं नहीं जानता, वे तीनों दौड़कर कहाँ गए, क्योंकि उन्होंने

रेस खत्म नहीं की।

फिर मुझे रुद्र मिला, जो अपने सेलफोन पर किसी से बात करते हुए टहल रहा था।

''जानते हो न कि स्कूल में सेलफोन लाने की इजाजत नहीं है।'' मैंने उसके हाथ से फोन लेते हुए कहा।

''लेकिन हम तो स्कूल के बाहर हैं, सर! और मैं तो सिर्फ गाने सुन रहा था।''

''तुम टर्म (सत्र) पूरा होने के बाद मुझसे अपना फोन ले लेना। अब अपने पैरों से संगीत पैदा करो। हम तुम्हें स्कूल के चारों ओर टैप डांस करते हुए देखना चाहते हैं।''

रुद्र हँसा और सड़क पर नाचने लगा।

''ये तो टैप डांस नहीं है।'' मैंने कहा।

''नहीं सर, ये कथकली है। आपको पता नहीं है कि मैं दक्षिण भारत से हूँ।''

''ठीक है, तब स्कूल तक कथकली करते हुए जाओ। हो सकता है, मिसेज टोंक तुम्हें इनाम दे दें।''

मिसेज टोंक, जो लड़कियों के स्कूल की प्रिंसिपल थीं, पहला पुरस्कार देने के लिए इंतजार कर रही थीं—एक चॉकलेट का डिब्बा, बिस्किट्स, बन्स और लड्डू। और पहले नंबर पर आया कौन? हाँफता हुआ, लेकिन दृढ निश्चय के साथ दौड़ता हुआ मोटू प्रकाश। शायद उसे पहले से अंदाजा हो गया था कि पुरस्कार में क्या मिलने वाला है। अगर आपके जीवन का कोई लक्ष्य है तो थोड़ा अधिक परिश्रम करके आप उसे निश्चित रूप से प्राप्त कर सकते हैं।

□

अंकल केन का जंगल में रंबल

अंकल केन दादाजी की पुरानी फिएट जंगल से सटी सड़क पर अविश्वसनीय 30 मील प्रति घंटे की रफ्तार से चला रहे थे। गाड़ी की खटर-पटर से वहाँ मौजूद तीतर, बटेर, जंगली मुरगियाँ और अन्य पक्षी तितर-बितर हो गए। वे वहाँ प्रलुप्त हो रहे लाल जंगली मुरगे की तलाश में आए थे और मैं समझ सकता था कि वे पक्षी क्यों गायब हो रहे थे। बहुत सारे शोर मचाते इनसान उनके आवास पर हमला करके उनकी शांति भंग करने लगे थे।

जब तक हम जंगल के रेस्ट हाउस में पहुँचे, हमारी कार का एक दरवाजा टूटकर लटक गया था और बंपर में एक बड़ी सी लैंटाना की झाड़ी उलझ गई थी।

"कोई बात नहीं," अंकल केन ने कहा, "ये सब तो रोमांच का हिस्सा होता है!"

दादाजी के फॉरेस्ट डिपार्टमेंट से अच्छे संबंधों की बदौलत पूरा रेस्ट हाउस अंकल केन के लिए आरक्षित था। लेकिन उनके अलावा कार में सिर्फ मैं ही था। उनकी ड्राइविंग पर मेरे अलावा किसी को भरोसा नहीं था। वे कार ऐसे चलाते थे जैसे वह कोई नीची उड़ान भरनेवाला विमान हो, जिसे रनवे से निकलने में कठिनाई हो रही हो।

जब हम रेस्ट हाउस में पहुँचे तो बहुत सी मुरगियाँ अपने बचाव के लिए वहाँ से भागने लगीं।

"देखो, जंगली मुरगियाँ!" अंकल केन उत्साहित स्वर में बोले।

"ये तो घरेलू मुरगियाँ हैं।" मैंने कहा, "ये जंगल के गार्ड्स की होंगी।"

मेरा अंदाजा सही था। उनमें से एक मुरगी की किस्मत में कुछ देर बाद चिकन करी के रूप में परोसा जाना लिखा था। जंगल में रहनेवाले पक्षी रेस्ट हाउस के आस-पास आने से बचते थे, ताकि उन्हें गलती से पोल्ट्री समझकर पकानेवाले बरतन में न डाल दिया जाए।

अंकल केन अपनी तलाश उसी समय शुरू करना चाहते थे और कुछ ही समय के अंतराल के बाद, जिसमें हमें चाय और पकौड़े परोसे गए (जो जंगल के एक गार्ड ने बनाए थे और बहुत स्वादिष्ट थे) हम पैदल ही मायावी लाल जंगली मुरगी की तलाश में जंगल की ओर निकल पड़े।

"यहाँ चीते तो नहीं हैं न?" अंकल केन ने सुरक्षा के लिहाज से पूछा।

"इस सीमा के अंदर कोई चीता नहीं है।" गार्ड ने बताया, "सिर्फ हाथी हैं।"

अंकल केन को हाथियों से डर नहीं लगता था। उन्होंने लखनऊ के चिड़ियाघर में कई बार हाथी की सवारी की थी। उन्होंने एलीफेंट बॉय में साबू को भी देखा था। एक छोटे से लकड़ी के पुल पर से एक छोटी सी नदी पार करके हम घने जंगल में पहुँच गए। हम फॉरेस्ट गार्ड के पीछे चल रहे थे, जो हमें ऐसे रास्ते से लेकर जा रहा था, जिसमें जगह-जगह पेड़ की टूटी टहनियाँ और बाँस के टुकड़े पड़े हुए थे।

"यहाँ इतनी सारी टूटी टहनियाँ क्यों पड़ी हैं?" अंकल केन ने पूछा।

"हाथियों की वजह से, सर। हमारे गार्ड ने जवाब दिया, वे रात को यहाँ से गुजरे थे। उन्हें कुछ विशेष पत्तियाँ और मुलायम बाँस पसंद हैं।"

हमें बहुत सारे चितकबरे हिरण और तीतर दिखाई दिए, लेकिन लाल मुरगी एक भी नहीं दिखी। शाम को हम रेस्ट हाउस के बरामदे में बैठे थे। दूर से आती हाथियों के चिंघाड़ने की आवाज के अलावा सबकुछ बिलकुल शांत था। तभी नदी की ओर से सैकड़ों मेढकों के टरटराने की आवाज आने लगी।

उनमें ऊँची आवाज थी, मध्यम आवाज थी, उच्चतम सुर भी था और सबसे नीचा सुर भी—और बीच-बीच में ऐसा गहरा मंद्र (बाँस), जिसे सुनकर महान् चैलियापिन भी प्रसन्न हो जाते। वे ला बोहेमे और अन्य इतालवी संगीत नाटकों (ओपेरा) के युगल गीत भी गा रहे थे और चौरागा भी। जंगल से आनेवाली हर आवाज उनके संगीत में डूब चुकी थी, सिवाय बीच-बीच में आती किसी सियार की आवाज के, जो उनसे सुर मिलाने की भरपूर कोशिश कर रहा था।

"हमें भी गाना चाहिए।" अंकल केन ने कहा और नेल्सन ऐडी के अंदाज में इंडियन लव सेल गाना शुरू कर दिया।

मेढक चुप हो गए। जाहिर था, वे अंकल केन के गाने से अवाक् हो गए थे। लेकिन अपने गाने के जवाब में कोई प्यार भरी पुकार मिलने के बजाय अंकल केन को एक नहीं, बल्कि कई सियारों की तेज आवाज सुनने को मिली, जिसका परिणाम यह हुआ कि जंगल में रहनेवाले सभी आत्मसम्मान से भरे निवासी हमारे आस-पास से भाग गए और उस रात हमें कोई जंगली जीव-जंतु देखने को नहीं मिले, सिवाय एक भयभीत खरगोश के, जो हमारे सामने से दौड़ता हुआ अँधेरे में गुम हो गया।

अगले दिन तड़के ही हमने लाल मुरगी को खोजने के अपने प्रयास फिर से शुरू किए; लेकिन वह मायावी हमें नहीं मिली। धूल से भरे, थके-हारे, रेस्ट हाउस में लौटते हुए अचानक अंकल केन उत्साहित स्वर में चीखे, "वो रही…एक लाल मुरगी!"

लेकिन वह केयरटेकर (रेस्ट हाउस के रखवाले) का मुरगा निकला,

एक खूबसूरत सुनहरे और लाल रंग का मुरगा, लेकिन जंगली किस्म का नहीं।

निराश होकर अंकल केन ने सभ्यता में वापस लौटने का निर्णय कर लिया। रेस्ट हाउस में एक रात और बिताना उनको रुचिकर नहीं लग रहा था। उनके पास सुर साधने के लिए गाने भी नहीं बचे थे।

वैसे भी रात भर में मौसम बदल गया था और जब हम वापस जाने के लिए निकले तो हलकी बौछार भी शुरू हो गई थी। जब तक हम सुसवा नदी पर बने पुल तक पहुँचे, वह बौछार अच्छी-खासी बारिश में बदल चुकी थी। और पुल के बीचोबीच एक हाथी खड़ा था।

वह हाथी अकेला था और उसका भाव दोस्ताना नहीं लग रहा था।

अंकल केन ने हॉर्न बजाया और यह उनकी गलती निकली।

उनका हॉर्न तेज व चुभता हुआ था, जो शहर की सड़कों के लिए तो बहुत प्रभावी था, लेकिन जंगल के लिए अनुपयुक्त। हाथी ने उस आवाज को एक चुनौती की तरह लिया और हॉर्न की तीखी आवाज का जवाब अपनी जोरदार चिंघाड़ से दिया। फिर वह कुछ कदम आगे बढ़ा। अंकल केन ने कार पीछे कर ली।

''क्या यहाँ से निकलने का कोई और रास्ता है?''

''बगल से एक रास्ता है। ''मुझे दादाजी के साथ की अपनी पिछली सैर याद आई—''वो हमें कंसराव रेलवे स्टेशन ले जाएगा।''

''ठीक है!'' अंकल केन बोले, ''तो हम स्टेशन ही जाएँगे!''

और फिर उन्होंने कार मोड़ ली और तब तक नहीं रुके, जब तक हम सड़क के मोड़ पर नहीं पहुँच गए।

वह सँकरी सड़क अब बारिश के पानी से भर चुकी थी और अंकल केन की कार चलाने की क्षमता का पूरा इम्तहान ले रही थी। उन्होंने एक बार ईंट की दीवार के आर-पार कार चलाई थी, इसलिए उन्हें बाधाओं की पूरी जानकारी थी; लेकिन वे बाधाएँ स्थिर स्वभाव की होती थीं।

''और हाथी।'' बारिश में भीगे जंगल की दिशा से दो बड़े हाथियों को आते देखकर मैंने कहा।

हमारे दाईं ओर हाथी, हमारे बाईं ओर हाथी! अंकल केन टेनिसन की 'चार्ज ऑफ द लाइट ब्रिगेड' को अशुद्ध करते हुए गाने लगे—'इंटू द वैली ऑफ डेथ रोड द सिक्स हंड्रेड!'

''अब तीन आ गए।'' मेरा ध्यान हाथियों पर ही था।

''यह मेरा भाग्यशाली अंक नहीं है।'' अंकल केन ने कहा और एक्सेलरेटर पर जोर से पैर रख दिया। हमारी कार झटके से आगे बढ़ी और एक डरा हुआ हिरण उसके नीचे आने से बाल-बाल बचा।

''क्या चार आपका भाग्यशाली अंक है, अंकल केन?''

''ऐसा क्यों पूछ रहे हो?''

''क्योंकि अब हमारे पीछे चार हाथी हैं और वे तेजी से हमारी ओर बढ़ रहे हैं!

''मुझे आगे स्टेशन दिखाई पड़ रहा है।'' अंकल केन ने कहा।

कुछ ही दूर एक खाली स्थान पर वह छोटा सा स्टेशन यूँ खड़ा था, जैसे जंगल के बीच कोई सुरक्षा का प्रकाश स्तंभ हो!

अंकल ने झटके से कार रोकी। हम जल्दी से बाहर निकले और बिल्डिंग के अंदर भागे।

स्टेशन मास्टर ने हमारी दशा देखकर हमें स्टेशन की बिल्डिंग के अंदर बुला लिया, जो एक-दो कमरे के शेड और एक प्लेटफॉर्म से थोड़ा ही ज्यादा था। वो हमें अपने छोटे से कंट्रोल रूम में ले गया और हमारे पीछे स्टील का दरवाजा बंद कर दिया।

''यहाँ आपको हाथी परेशान नहीं करेंगे।'' उसने कहा, ''लेकिन अपनी कार को आप अलविदा कह दीजिए।''

हमने खिड़की के बाहर झाँका तो देखकर बुरी तरह डर गए, क्योंकि दादाजी की फिएट को एक हाथी ने उलट दिया था और दूसरा

उसे अपने पैरों से रौंद रहा था। दूसरे हाथी भी इस तबाही में शामिल हो गए और कुछ ही देर में कार कबाड़ का एक चपटा टुकड़ा बनकर रह गई।

मैं स्टेशन मास्टर अब्दुल रउ़फ हूँ।'' दोस्ताना स्वभाव के स्टेशन मास्टर ने अपना परिचय दिया, ''मैं डोईवाला में एक अच्छे स्क्रैप डीलर (कबाड़ी) को जानता हूँ। मैं आपको उसका पता दे दूँगा।''

''लेकिन हम यहाँ से निकलेंगे कैसे?'' अंकल केन ने पूछा।

''पैदल जाने पर डोईवाला का रास्ता सिर्फ एक घंटे का है।'' हमारे संरक्षक ने कहा, ''लेकिन आस-पास इतने हाथियों के होते हुए मैं आपको पैदल जाने की सलाह नहीं दूँगा। आप थोड़ी देर रुकिए और चाय पीजिए। कुछ ही देर में 'देहरा एक्सप्रेस' यहाँ से गुजरने वाली है। वह कुछ मिनट यहाँ रुकती है और देहरादून की दूरी यहाँ से सिर्फ आधे घंटे की है।''

उसने हमारे लिए ट्रेन के टिकट बना दिए—''ये रहे आपके टिकट, मेरे मित्रो! एक टिकट सिर्फ दो रुपए का है। भारत की सबसे सस्ती रेलयात्रा! और प्रत्येक टिकट पर दो लाख रुपए का बीमा भी है, यदि यहाँ से देहरा के बीच आपका कोई एक्सीडेंट हो जाए तो!''

अंकल केन की आँखों में चमक आ गई।

''आपका मतलब है, अगर हम दोनों में से कोई ट्रेन से नीचे गिर जाए तो?'' उन्होंने पूछा।

''चलती ट्रेन से,'' ''स्टेशन मास्टर ने स्पष्ट किया, ''और फिर हादसे की जाँच भी होगी। कुछ लोग फर्जी एक्सीडेंट का बहाना करके पैसे ऐंठने की कोशिश करते हैं।''

लेकिन अंकल केन ने जान-बूझकर ट्रेन से गिरकर पैसे बनाने का विचार त्याग दिया। वे एक दिन के हिसाब से काफी उत्तेजना झेल चुके थे। देहरा स्टेशन पहुँचकर हमने एक टट्टू-गाड़ी ले ली और सही-

सलामत घर आ गए।

“मेरी कार कहाँ है?” हम लड़खड़ाते हुए बरामदे की सीढ़ियाँ चढ़ रहे थे तो दादाजी ने पूछा।

“उसका एक छोटा सा एक्सीडेंट हो गया।” अंकल केन ने कहा, “हमने उसे कंसराओ रेलवे स्टेशन के बाहर छोड़ दिया है। मैं बाद में उसे ले आऊँगा।”

“मुझे बहुत जोर से भूख लग रही है।” मैंने कहा, “सुबह से कुछ नहीं खाया है।”

“अच्छा, चलकर खाना खाओ।” दादी ने कहा, “मैंने तुम्हारे लिए कुछ खास बनाया है। तुम्हारे दादाजी के एक शिकारी दोस्त ने एक जंगली मुरगी भेजी थी। मैंने उसे बहुत बढ़िया रोस्ट किया है (भूना है)। तुम उसे एप्पल सॉस के साथ खाकर देखो।”

अंकल केन ने उनसे नहीं पूछा कि वह जंगली मुरगी लाल थी, स्लेटी थी या रंग बिरंगी थी! वह सबसे पहले डाइनिंग टेबल पर पहुँच गए।

दादी को इस बात का पूर्वानुमान था, इसलिए उन्होंने मुरगी की एक टाँग मुझे परोसी और दूसरी दादाजी को।

“मुझे तो ब्रेस्ट का पीस पसंद है।” दादी ने कहा और इस प्रकार अंकल केन के लिए मुरगी की लंबी, पतली गरदन ही बची, जो काफी हद तक उनकी गरदन से मिलती थी और जितने हिस्से के वे अधिकारी थे, उससे कहीं ज्यादा थी।

□

बँदरिया बनी मुसीबत

दादाजी ने टूटू को दस रुपए में एक मदारी से खरीदा था। उस मदारी के पास तीन बंदर थे। टूटू सबसे छोटी, लेकिन सबसे शैतान थी। मदारी उसको ज्यादातर बाँधकर रखता था। वह गले के पट्टे और चेन के साथ इतनी दुःखी और असहाय लगती थी कि दादाजी ने निर्णय कर लिया कि वह हमारे घर में ज्यादा खुश रहेगी। असाधारण जानवर पालना उनकी कमजोरी थी। उनकी यह आदत ऐसी थी, जिसे उस समय आठ-नौ वर्ष की आयु में—मैं भी बढ़ावा देता था।

दादी ने पहले तो घर में बंदर रखने का विरोध किया। ''आपके पास पहले से ही बहुत सारे पेट्स हैं।'' उन्होंने कहा। उनका तात्पर्य दादाजी की बकरी, अनगिनत सफेद चूहों और एक छोटे से कछुए से था।

''लेकिन मेरे पास कोई पेट्स नहीं है।'' मैंने कहा।

''तुम खुद ही दो बंदरों जितने शैतान हो। घर में एक लड़का बहुत है।''

''ओह, लेकिन टूटू लड़का नहीं है।'' ''दादाजी ने विजेता के स्वर में कहा, ये तो छोटी सी बँदरिया है!''

दादी ने हथियार डाल दिए। उन्हें हमेशा से घर में एक छोटी सी लड़की चाहिए थी। उन्हें लगता था, लड़कियाँ लड़कों की अपेक्षा कम

परेशान करती हैं। टूटू उनको गलत साबित करने वाली थी।

टूटू एक प्यारी सी बँदरिया थी। उसकी भौंहों के नीचे से उसकी चमकीली आँखों से शैतानी टपकती रहती थी। और उसके दाँत, जो मोतियों जैसे सफेद थे, उसके हँसने पर झलकते रहते थे। रूबी आंटी उसे देखकर बुरी तरह डर जाती थीं। वैसे भी दादाजी के लखनऊ वाले घर का पालतू अजगर पहले ही उनके होश उड़ा चुका था। लेकिन यह देहरादून था, मेरे दादा-दादी का घर, और अंकल-आंटियों के पास हमारे पालतू जानवरों को बरदाश्त करने के अलावा कोई चारा नहीं था।

टूटू के हाथ बहुत सूखे से प्रतीत होते थे, जैसे उन्हें कई सालों तक धूप में सुखाया गया हो। सबसे पहली चीज, जो मैंने उसे सिखाई, वो थी, हाथ मिलाना और फिर वो हमारे घर आनेवाले हर व्यक्ति से हाथ मिलाने की जिद्द करने लगी। चिड़चिड़े स्वभाव के मेजर मलिक को ड्राइंगरूम में घुसने से पहले झुककर टूटू से हाथ मिलाना पड़ता था, वरना टूटू उनके कंधे पर चढ़ जाती और वहीं बैठकर कभी उनके बालों से खेलती और कभी उनकी मूँछों को छेड़ती।

अंकल केन को हमारा कोई भी पालतू जानवर पसंद नहीं था और टूटू को तो वे विशेष तौर से नापसंद करते थे, क्योंकि वह हमेशा उन्हें मुँह चिढ़ाती रहती थी। लेकिन अंकल केन कभी किसी नौकरी में टिक नहीं पाते थे और दादाजी की उदारता पर निर्भर रहते थे, उन्हें भी दूसरों की तरह टूटू से हाथ मिलाना पड़ता था।

टूटू की उँगलियाँ फुरतीली और चंचल थीं। और उसकी पूँछ, उसकी सुंदरता बढ़ाने के साथ-साथ (दादाजी को लगता था कि पूँछ किसी की भी शक्ल-सूरत को बेहतर बना सकती है) उसके तीसरे हाथ का काम भी करती थी। वह उसकी मदद से पेड़ की डाली से लटक जाती थी और किसी भी ऐसे पकवान को झपट लेती थी, जो उसके

हाथों की पहुँच से बाहर होता था।

रूबी आंटी को टूटू के आने की सूचना नहीं दी गई थी। उनके शयनकक्ष से आती चीखें सुनकर हम सब भागते हुए उनके पास पहुँचे। बात सिर्फ इतनी सी थी कि टूटू उनके पेटीकोट नापना चाहती थी। जाहिर है, वे उसके हिसाब से काफी बड़े थे और जब रूबी आंटी कमरे में आईं तो उन्हें सिर्फ एक सफेद गोला बिस्तर पर उछल-कूद करता दिखाई दे रहा था।

हमने टूटू को पेटीकोट से आजाद किया और रूबी आंटी को सांत्वना दी। टूटू को खुश करने के लिए मैंने उसे मीठी मटर का एक गुच्छा दे दिया। दादी को अपने बगीचे से किसी का मटर तोड़ना पसंद नहीं था, इसलिए जब मेजर मलिक दोपहर की झपकी ले रहे थे, मैं उनके बगीचे से मटर तोड़ लाया।

फिर अंकल केन ने शिकायत की कि उनका हेयर ब्रश गायब है। हमने टूटू को खोजा तो वह पीछे के बरामदे में धूप खाती मिली—हेयर ब्रश से अपनी काँख खुजलाती हुई। मैंने उसके पास से ब्रश लेकर माफी माँगते हुए अंकल केन को दे दिया; लेकिन उन्होंने अपशब्द बोलते हुए उसे दूर फेंक दिया।

"इतनी छोटी सी बात पर इतना नाराज क्यों हो रहे हैं?" मैंने कहा, "टूटू को जुएँ नहीं हैं।"

"नहीं हैं। और वो केन से ज्यादा बार नहाती भी है।" दादाजी ने कहा। उन्होंने टूटू को नहलाने के लिए रूबी आंटी का शैंपू उधार लिया था।

इन सबके बावजूद दादी टूटू को पूरे घर में आजादी से घूमने देने के खिलाफ थीं। रात को टूटू को आउट हाउस में बकरी के साथ सोना पड़ता था। दोनों की अच्छी दोस्ती हो गई और कुछ ही दिनों में हमने

देखा कि जब बकरी अपनी पसंद की घास की खोज में पीछे के बगीचे में घूम रही होती, टूटू उसकी पीठ पर मजे से बैठी होती।

जिस दिन दादाजी को अपनी रेलवे की पेंशन लेने मेरठ जाना था, उन्होंने मुझे और टूटू को साथ ले जाने का निर्णय लिया। हमें शैतानी करने से रोकने के लिए उन्होंने कहा। टूटू को पूरी ट्रेन में घूम-घूम के यात्रियों को परेशान करने से बचाने के लिए उसे एक बड़े से काले बैग में रखा गया। बैग में ही नीचे थोड़ी घास-फूस रखकर उसका बिस्तर बना दिया गया। दादाजी का और मेरा तो टिकट बना और टूटू को हमने सामान की तरह साथ रख लिया।

बैग में इतनी खुली जगह तो थी कि बीच-बीच में टूटू अपना सिर बाहर निकाल के केले और बिस्कुट खा सके, लेकिन वह अपने हाथ बाहर नहीं निकाल पा रही थी और बैग का कैनवास इतना मजबूत था कि वह दाँत से उसे काट नहीं पा रही थी।

टूटू के बाहर निकलने के प्रयास का असर सिर्फ इतना हो रहा था कि बैग कभी लुढ़कने लगता और कभी हवा में उछल जाता—और यह विचित्र दृश्य देहरादून और मेरठ दोनों स्टेशनों पर उत्सुक भीड़ का ध्यान आकर्षित कर रहे थे।

खैर, टूटू मेरठ पहुँचने तक बैग में ही रही, लेकिन जब प्लेटफॉर्म से बाहर निकलने के पहले दादाजी टीटी को अपना टिकट दिखा रहे थे तो अचानक टूटू ने अपना सिर बाहर निकाला और टीटी को एक चौड़ी सी मुसकराहट से कृतार्थ कर दिया।

बेचारा टीटी हक्का-बक्का रह गया। लेकिन फिर खुद को सँभालते हुए उसने चिढ़े हुए दादाजी से कहा, ''सर, आपके साथ एक कुत्ता भी है। आपको उसका टिकट भी लेना पड़ेगा।''

''ये कुत्ता नहीं है!'' दादाजी ने गुस्से से कहा, ''ये एक छोटी सी

बँदरिया है—मकाकस मिस्चीवियस नस्ल की और इसका इनसानी नस्ल होमस हौरिबलिस से बहुत निकट का संबंध है। और छोटे बच्चों का कोई टिकट नहीं लगता!''

''ये तो बिल्ली जितनी बड़ी है।'' टिकट कलेक्टर ने कहा।

''इसके बाद तुम इसकी माँ को देखना चाहोगे।'' दादाजी खीजकर बोले।

उन्होंने बेकार में ही टूटू को बैग से निकाला। बेकार में यह साबित करने की कोशिश की कि एक नन्हा बंदर एक कुत्ते, बिल्ली या किसी भी चौपाये जानवर के जैसा कहलाने योग्य नहीं होता। टूटू को टीटी ने एक कुत्ते का ही दर्जा दिया और उसके टिकट के पाँच रुपए भी ले लिये।

उसके बाद दादाजी ने अपनी नाक ऊँची रखने के हिसाब से अपनी जेब से नन्हा सा कछुआ निकाला, जिसे वह कभी-कभी अपने साथ लेकर चलते थे और टीटी से पूछा, ''और इसके टिकट के लिए मुझे कितने पैसे देने होंगे, क्योंकि आप तो हर छोटे-बड़े जीव के टिकट के पैसे लेते हैं?''

टीटी ने गौर से कछुए को देखा, अपनी उँगली से उसे टटोला और फिर दादाजी को विजयी भाव से देखते हुए घोषणा की, ''इसका टिकट नहीं लगेगा, सर। यह कुत्ता नहीं है!''

उत्तर भारत में सर्दी का मौसम काफी ठंडा हो सकता है। सर्दी की शामों में टूटू के लिए सबसे बड़ा तोहफा होता था दादी द्वारा नहाने के लिए दिया गया गरम पानी का बड़ा सा कटोरदान। टूटू पहले चालाकी से अपना हाथ उसमें डालकर पानी का तापमान देख लेती थी, फिर धीरे से उसमें बैठ जाती थी। पहले एक पैर, फिर दूसरा डालकर (जैसे उसने मुझे करते देखा था), जब तक वो गरदन तक पानी में नहीं आ जाती थी।

एक बार आराम से पानी में बैठ जाने के बाद वह अपने हाथों या

पैरों में साबुन लेकर पूरे शरीर में लगाती। जब पानी ठंडा हो जाता तो वह निकलकर जितनी तेज भाग सकती थी, भागकर किचन में जल रही आग में अपने को सुखाने लगती। यदि उसके इस तमाशे को देखकर किसी को हँसी आ जाती तो उसकी भावनाएँ आहत हो जातीं और फिर वह जल्दी नहाने को तैयार नहीं होती।

एक दिन टूटू ने खुद को जिंदा उबाल लेने की लगभग पूरी तैयारी कर ली थी। दादी ने स्टोव पर चाय बनाने के लिए बड़ी सी केतली में पानी रखा था और टूटू ने, जो उस समय अकेली थी और उसके पास कुछ करने को भी नहीं था, केतली का ढक्कन हटाने का फैसला किया। जब उसने देखा कि पानी उसके नहाने जितना ही गरम था तो वह केतली में घुस गई और अपना सिर केतली के मुँह से बाहर निकाल लिया।

थोड़ी देर तक तो सब ठीक था, लेकिन फिर पानी ज्यादा गरम हो गया। टूटू केतली से थोड़ा बाहर निकली, लेकिन ठंड लगी तो फिर बैठ गई। वह कुछ देर यूँ ही केतली में उठती-बैठती रही, फिर दादी किचन में वापस आईं तो उन्होंने उसे आधी उबली हुई हालत में केतली से बाहर निकाला।

"आज चाय के साथ क्या है?" अंकल केन ने प्रसन्नतापूर्वक पूछा। "उबले अंडे और एक आधी उबली बँदरिया?"

लेकिन टूटू को ऐसे हादसों से कोई फर्क नहीं पड़ता था और उसने आगे भी अंकल केन से ज्यादा नियमित रूप से नहाना चालू रखा।

रूबी आंटी अकसर नहाया करती थीं। उनकी यह बात टूटू को पसंद थी—इतनी कि एक दिन बालों में शैंपू करने के बाद साबुन के झाग और बुलबुलों के बीच उन्हें बाथरूम में अपने सामने टूटू बैठी दिखाई दी, जो उनकी नकल कर रही थी।

एक दिन रूबी आंटी ने हम सबको चौंका दिया। उन्होंने घोषणा

की कि उन्होंने सगाई कर ली थी। हमें हमेशा लगता था कि रूबी आंटी कभी शादी नहीं करेंगी। वह खुद भी अकसर यही कहा करती थीं। लेकिन शायद अब उन्हें रॉकी फर्नांडिस के रूप में जीवनसाथी मिल गया था। वह गोवा से थे और एक स्कूल में टीचर थे।

रॉकी लंबे, दृढ चेहरेवाले अच्छे स्वभाव के व्यक्ति थे और रूबी आंटी से दो साल छोटे थे। उनकी आवाज मध्यम सुर की थी और वह महान् नेल्सन एडी के अंदाज में गाते थे। चूँकि दादी को मध्यम सुर के गायक पसंद थे, इसलिए उन्हें जल्दी ही रॉकी अच्छा लगने लगा।

"लेकिन उसे रूबी में क्या दिखता है?" अंकल केन जानना चाहते थे।

"तुम्हारे अंदर जो किसी लड़की को दिखता है, उससे कहीं ज्यादा!" दादी चिढ़कर बोलीं, रूबी अच्छी लड़की है और दोनों टीचर्स हैं। हो सकता है, एक दिन दोनों मिलकर अपना स्कूल खोल लें।"

रॉकी अकसर घर आते थे और मेरे लिए चॉकलेट्स व काजू लाया करते थे, जिनकी शायद उनके पास कोई कमी नहीं थी। उन्होंने मुझे बहुत से मार्चिंग सॉन्ग भी सिखाए। स्वाभाविक था कि मुझे रॉकी अच्छे लगे। अनिच्छा से ही सही, लेकिन मैंने मन-ही-मन इतना अच्छा जीवन साथी चुनने के लिए रूबी आंटी की सराहना भी की।

एक दिन मैंने उन्हें बाजार जाकर सगाई की अँगूठी खरीदने की बात करते सुना। मैंने तय किया कि मैं भी साथ जाऊँगा। लेकिन रूबी आंटी ने स्पष्ट रूप से कह दिया था कि वे मुझे नहीं ले जाएँगी, इसलिए मैंने उनके पीछे छुपकर जाने का निश्चय किया। टूटू को भी अंदाजा हो गया था कि कोई महत्त्वपूर्ण काम होने जा रहा है, इसलिए उसने मेरे पीछे आने का फैसला किया। लेकिन मैंने उसे साथ चलने के लिए नहीं कहा था, इसलिए उसने भी छुपकर आने का निश्चय किया।

एक बार भीड़ भरे बाजार में पहुँच जाने के बाद मेरे लिए रूबी आंटी और रॉकी के आस-पास बिना नजर में आए रहना संभव हो गया था। मैं जेवरों की एक बड़ी सी दुकान में उनके बैठने का इंतजार करता रहा और फिर यूँ दुकान में घुसकर उनके सामने आया, जैसे संयोगवश वहाँ पहुँच गया था। रूबी आंटी तो मुझे देखकर खुश नहीं हुईं, लेकिन रॉकी ने मुझे देखकर हाथ हिलाया और पुकारा, "हमारे पास आओ। अपनी आंटी को एक सुंदर सी अँगूठी पसंद करने में मदद कर दो।"

मुझे यह सब पैसों की बरबादी लग रही थी, लेकिन मैंने ऐसा कहा नहीं। रूबी आंटी मुझे बिलकुल प्रेम-रहित नजरों से देख रही थीं।

"देखो, ये सब बहुत सुंदर हैं!" मैंने कुछ सस्ती, ओनिक्स जड़ी सफेद धातु की अँगूठियों की ओर इशारा करते हुए कहा।

लेकिन रूबी आंटी उस ओर नहीं देख रही थीं। उनका ध्यान हीरे की अँगूठियों के एक डिब्बे पर था।

"आप रूबी आंटी के लिए रूबी की एक अँगूठी क्यों नहीं लेते?" मैंने उन्हें खुश करने की दृष्टि से सलाह दी।

"वो इसका भाग्यशाली पत्थर है।" रॉकी ने कहा, "लेकिन सगाई के लिए हीरे की अँगूठी होनी चाहिए।" और उसने एक गाना गाना शुरू कर दिया, जिसका मतलब था कि डायमंड (हीरा) एक लड़की का सबसे अच्छा दोस्त होता है।

जब तक ज्वैलर और रूबी आंटी हीरे की अँगूठियाँ छाँट रहे थे और रॉकी दूसरे गाने की धुन तैयार कर रहा था, टूटू मेरे अलावा किसी की नजर में आए बिना चुपचाप दुकान में घुस आई थी। अपनी मौजूदगी उसने खुशी भरी किलकारी से प्रकट की। सबने आवाज सुनकर देखा तो वह एक प्यारा सा नेकलेस पहनकर देख रही थी।

"वे कौन से पत्थर हैं?" मैंने पूछा।

''मुझे तो मोती जैसे लग रहे हैं।'' रॉकी ने जवाब दिया।

''मोती ही हैं।'' दुकान का मालिक चिल्लाया और नेकलेस वापस लेने के लिए झपटा।

''ये तो वही दुष्ट बँदरिया है!'' रूबी आंटी चीखीं, ''मैं जानती थी ये लड़का इसे यहाँ ले आएगा!''

नेकलेस अब टूटू के गले की शोभा बढ़ा रहा था। मुझे लगा, वह उसे पहनकर बहुत अच्छी लग रही थी; लेकिन उसने हमें अच्छी तरह देखने का और सराहना करने का मौका ही नहीं दिया। हमारी पहुँच से बाहर छिटककर टूटू ने रॉकी को छकाया और फिर मेरी टाँगों के बीच से निकलकर भीड़ भरी सड़क पर भाग गई। मैं रुकने के लिए चिल्लाता हुआ उसके पीछे भागा, लेकिन वह मेरी आवाज को अनसुना करके भागती रही।

टूटू को भागने में मदद करने के लिए वहाँ पेड़ की टहनियाँ नहीं थीं, लेकिन वह लोगों के कंधों और सिरों को स्प्रिंगबोर्ड की तरह इस्तेमाल करते हुए बाजार में तेजी से आगे बढ़ती जा रही थी।

जौहरी भी अपनी दुकान छोड़कर हमारे पीछे भागने लगा और रॉकी भी। साथ ही आस-पास खड़े कई और लोग, जिन्होंने वह घटना देखी थी, भागने लगे। और कुछ ऐसे लोग भी इस दौड़ में शामिल हो गए, जिन्हें पता भी नहीं था कि हो क्या रहा था! जैसा कि दादाजी कहा करते थे, भीड़ में सब लीडर के पीछे भागने का खेल खेलते हैं, भले ही उन्हें पता न हो कि लीडर है कौन!

टूटू अपनी आजादी को रफ्तार देने के लिए वहाँ से गुजर रहे एक स्कूटर सवार की पीठ पर चढ़ गई। स्कूटर लहराकर फल की एक दुकान में घुस गया और केलों के ढेर के नीचे आकर रुक गया और स्कूटर सवार गुस्से से भरे फलवाले की बाँहों में गिर पड़ा। टूटू ने आगे

बढ़ने से पहले एक केला छीलकर खाने का फैसला किया।

केला खाकर वह आगे बढ़ी तो एक शामियाने में घुस गई और एक धोबी के गधे की पीठ पर कूद गई। गधा आतंकित होकर सड़क पर भागने लगा और उसकी पीठ पर लदे कपड़ों के गट्ठर सड़क के किनारे गिर गए। अब धोबी भी इस दौड़ में शामिल हो गया। स्कूल जा रहे कुछ बच्चों ने यह दृश्य देखा तो उन्हें लगा, यह कक्षा में पढ़ाई करने से ज्यादा मजेदार काम है। उल्लास से भरे बच्चों ने जल्दी ही दौड़ में अपने हाँफते हुए बड़ों को पीछे छोड़ दिया।

आखिर टूटू बाजार से निकल गई और उसने हमारे घर की ओर जानेवाली एक सड़क पकड़ ली। लेकिन वह जानती थी कि घर पहुँचने के बाद उसे पकड़कर बंद कर दिया जाएगा, इसलिए उसने निश्चय किया कि वह इस खेल का अंत नेकलेस से छुटकारा पाकर करेगी। उसने फुरती से अपने गले से नेकलेस निकाला और सड़क के किनारे बह रहे एक नाले की ओर उछाल दिया।

पीड़ा भरी चीख के साथ जौहरी नाले में कूद गया। फिर रॉकी भी कूद गया और मैं भी। बहुत से और लोग भी कूद गए, जिनमें बच्चे भी थे और बड़े भी। खजाने की खोज का खेल शुरू हो गया।

करीब बीस मिनट बाद रॉकी चिल्लाया, ''मुझे नेकलेस मिल गया!''

मिट्टी, वाटर लिली, जंगली पौधों की पत्तियों और कीड़े-मकोड़ों से लथपथ हम नाले से बाहर निकले और रॉकी ने राहत की साँस ले रहे जौहरी को नेकलेस सौंप दिया।

हम सब पैर घसीटते हुए बाजार वापस पहुँचे तो हमने देखा कि रूबी आंटी अभी भी दुकान में बैठी हुई अँगूठी पसंद कर रही थीं।

आखिरकार अँगूठी खरीद ली गई, सगाई की घोषणा हो गई और शादी के लिए एक उपयुक्त तारीख भी तय हो गई।

''मुझे शादी के दिन यह बँदरिया अपने आस-पास भी नहीं दिखनी चाहिए।'' रूबी आंटी ने ऐलान कर दिया।

''हम उसे आउट हाउस में बंद कर देंगे।'' दादाजी ने वादा किया, ''और तभी बाहर निकालेंगे, जब तुम दोनों अपने हनीमून के लिए रवाना हो जाओगे।''

शादी के कुछ दिन पहले मैंने टूटू को किचन में शादी का केक बनाने में दादी की मदद करते देखा। टूटू खाना बनाने में अकसर उनकी मदद करती थी और जब दादी का ध्यान कहीं और होता था तो अपने मन से मसाले, जड़ी-बूटियाँ और अन्य दिलचस्प चीजें बरतनों में डाल देती थी—तभी हमें कभी-कभी कस्टर्ड में एकाध मिर्ची, जेली में प्याज या चिकन सूप में स्ट्रॉबेरी तैरती नजर आती थी।

उसकी डाली चीजें कभी तो खाने का स्वाद बढ़ा देती थीं और कभी बिगाड़ देती थीं। एक बार अंकल केन सैंडविच खा रहे थे तो उनका एक दाँत टूट गया, क्योंकि उसमें अखरोट के छिलके थे।

मैं विश्वास के साथ तो नहीं कह सकता कि दादी की नजर हटने पर उस शादी के केक में क्या-क्या डाला गया था—दादी हमेशा कहती थीं कि टूटू किचन में बहुत सभ्यता से रहती थी—लेकिन मैंने टूटू को उसके मिश्रण में लाल मिर्च की चटनी, करेले के बीज और ढेर सारे अंडे के छिलके डालते हुए देखा जरूर था।

यह बात तो सच है कि शादी में आनेवाले कई मेहमान शादी के बाद कई दिनों तक नजर नहीं आए थे, लेकिन किसी ने केक के बारे में कुछ नहीं कहा। अधिकतर मेहमानों को उसका स्वाद कुछ नया सा लगा था।

आखिर वह खास दिन आ गया और शादी में आए मेहमान देहरादून—वो शहर जिसमें एक चर्च, दो मसजिद और ढेर सारे मंदिर

थे—के बाहरी ओर स्थित चर्च के लिए रवाना हो गए।

मैंने टूटू को ब्राइड्समेड (दुलहन के साथ चलनेवाली उसकी सहेली) की तरह तैयार करके लाने का प्रस्ताव रखा था, लेकिन दादाजी के अलावा किसी को यह विचार पसंद नहीं आया। इसलिए मैंने आज्ञाकारी बच्चे की तरह टूटू को आउट हाउस में बंद कर दिया। हालाँकि मैंने रोशनदान थोड़ा सा खुला छोड़ दिया था। दादी हमेशा कहती थीं, बढ़ते बच्चों के लिए ताजा हवा अच्छी होती है। इसलिए मैंने सोचा कि टूटू को भी उसके हिस्से की ताजा हवा मिलनी चाहिए।

शादी की रस्में बिना किसी विघ्न के संपन्न हो गईं। रूबी आंटी किसी सुंदर तसवीर की तरह लग रही थीं और रॉकी फिल्मी हीरो की तरह।

दादाजी ने माउथ ऑर्गन बजाया और इतने उत्साह से बजाया कि वहाँ मौजूद छोटी सी गायक मंडली की आवाज सुनाई ही नहीं पड़ रही थी। दादी को थोड़ा सा रोना आया। मैं नन्हे कछुए को गोद में लेकर चुपचाप एक कोने में बैठा रहा।

जब शादी की रस्में पूरी हो गईं तो हम सब बाहर धूप में आ गए और रिसेप्शन (प्रीतिभोज) के लिए घर लौटने की तैयारी करने लगे।

दावत के सारे व्यंजन बगीचे में टेबलों पर सजे हुए थे। चूँकि माली को जिम्मेदारी सौंपी गई थी, इसलिए सबकुछ व्यवस्थित था। टूटू बहुत सभ्यता से पेश आ रही थी। ऐसा लग रहा था कि उसने रोशनदान का उपयोग बाहर आकर और ज्यादा हवा खाने के लिए किया था और अब वह तीन मंजिला शादी के केक के बगल में बैठी थी और कौआ, गिलहरियों एवं बकरी से उसकी सुरक्षा कर रही थी। वह मेहमानों का स्वागत खुशी भरी किलकारी के साथ कर रही थी।

टूटू की वहाँ मौजूदगी रूबी आंटी के बरदाश्त के बाहर हो रही थी।

वह गुस्से से टूटू की ओर बढ़ीं। टूटू समझ गई कि वहाँ उसकी जरूरत नहीं थी और वह केक की ऊपरी मंजिल उठाकर वहाँ से भाग गई।

मेजर मलिक के नेतृत्व में हम उसके पीछे फलों के बाग में गए तो हमने देखा कि वह कटहल के पेड़ के ऊपर बैठी हुई है। वहाँ बैठे-बैठे वह हमारे ऊपर केक के छोटे-छोटे टुकड़े फेंकने लगी। उसे कहीं से रंगीन कागज मिल गया था और जब केक खत्म हो गया तो वह हमारे ऊपर कागज के टुकड़े बरसाने लगी।

"ये बेहतर है!" खुश मिजाज रॉकी बोला, "अब हमें पार्टी में वापस चलना चाहिए, दोस्तो!"

अंकल केन मेजर मलिक के साथ वहीं रुके रहे—टूटू को भगाने के प्रति दृढ प्रतिज्ञ! वह पेड़ के ऊपर तब तक पत्थर फेंकते रहे, जब तक उनकी नाक पर एक बड़ा सा केक का टुकड़ा नहीं गिर गया। धमकियाँ देते हुए वह पार्टी में वापस लौट आए, मेजर मलिक को टूटू से निबटने के लिए अकेला छोड़कर।

अंत में जब उत्सव और जश्न खत्म हो गया तो अंकल केन ने गैराज में खड़ी पुरानी और बेकार गाड़ी निकाली और बरामदे की सीढ़ियों तक ले आए। वह रॉकी और रूबी आंटी को मसूरी के एक होटल तक ले जाने वाले थे, जहाँ वे दोनों अपने हनीमून के लिए जा रहे थे।

परिवार और दोस्तों से विदा लेकर रूबी आंटी और रॉकी कार में बैठ गए। रूबी आंटी ने शाही अंदाज में सबको देखकर हाथ हिलाया। उन्होंने खिड़की से बाहर झुककर अपना गाल मेरे सामने किया, ताकि मैं उन्हें चूमकर विदा कर सकूँ। सबने उन दोनों को शुभकामनाएँ दीं।

जैसे ही रॉकी ने एक गाना शुरू किया, अंकल केन ने कार का इंजन चालू किया और एक्सेलरेटर पर अपने पैर रख दिए। धूल उड़ाती हुई कार आगे बढ़ गई।

रॉकी और रूबी आंटी हमें देखकर हाथ हिलाते रहे—और पीछे के बंपर पर आसन जमाकर बैठी टूटू भी। उसने अपने हाथ में एक बैग पकड़ा हुआ था और वहाँ खड़े सभी लोगों पर रंगीन कागज के टुकड़े बरसा रही थी।

"उन्हें नहीं पता कि टूटू भी उनके साथ है!" मैं चीखा, "वो मसूरी पहुँच जाएगी! रूबी आंटी उसे अपने साथ रहने देंगी क्या?

"टूटू उनका हनीमून खराब कर सकती है। दादाजी ने कहा, लेकिन चिंता मत करो, अपना केन उसे वापस ले आएगा।"

□

हमारे परिवार में उल्लू

सर्दियों की एक सुबह मुझे और दादाजी को देहरादूनवाले घर के बरामदे की सीढ़ियों पर एक छोटा सा चितकबरा उल्लू मिला। जब दादाजी ने उसे उठाया तो एक बार तो उसने अपनी चोंच किटकिटाई, लेकिन फिर उनके हाथ से कच्चा मांस खाकर और पानी पीकर वह मेरे पलंग के नीचे आराम से सो गया।

चितकबरे उल्लू आकार में बहुत छोटे होते हैं। पूरी तरह वयस्क होने के बाद भी वे एक चिड़िया से बड़े नहीं होते और बड़े उल्लुओं की तरह भयावह नहीं लगते। मैंने एक बार अपने आम के पेड़ पर उनका एक जोड़ा देखा था और पेड़ के तने को ठोंकने पर उनमें से एक ने मजबूरन अपने घोंसले के छेद से मुँह निकालकर मुझे प्रश्न भरी निगाहों से देखा था। छोटे उल्लू आम तौर पर इनसानों से नहीं डरते, न ही वे सिर्फ रात को बाहर निकलते हैं। लेकिन आम तौर पर दिन में वे अपने घर में ही रहना पसंद करते हैं; क्योंकि दूसरे पक्षी, जो सभी उल्लुओं को अपना दुश्मन समझते हैं, कभी-कभी उन पर आक्रमण कर देते हैं।

हमारा छोटा उल्लू मेरे पलंग के नीचे बहुत खुश था। अगले दिन हमें लगभग उसी स्थान पर दूसरा उल्लू का बच्चा मिला और तब हमें समझ में आया कि छत पर जिस जगह बारिश के पानी को निकालनेवाली पाइप लगी हुई थी, वहाँ पर एक अधकचरा सा घोंसला था, जिसमें से उल्लू के बच्चे गिर रहे थे। हम दूसरे बच्चे को भी पहले के पास ले गए

और दोनों को खाना खिला दिया।

जब मैं सोने गया तो दोनों बच्चे खिड़की के किनारे, मच्छर की जाली के जरा सा अंदर थे। देर रात उनकी माँ ने उन्हें वहाँ देख लिया। वह काफी देर तक बाहर से उन्हें पुचकारती रही और सुबह मैंने देखा कि वह वहाँ एक चूहा छोड़ गई है, जिसकी पूँछ जाली में फँसी हुई है। जाहिर है, उसे अपने बच्चों के मामले में मुझ पर भरोसा नहीं था।

दोनों बच्चे फलते-फूलते रहे और दस दिनों के बाद दादाजी और मैं उन्हें बगीचे में आजाद करने के लिए ले गए। मैंने एक बच्चे को आम के पेड़ की डाल पर रखा और दूसरे को झुककर उठाने जा ही रहा था कि मेरे सिर के पिछले हिस्से पर जोर का धक्का लगा। एक या दो सेकंड बाद ही बच्चों की माँ दादाजी के ऊपर झपटी; लेकिन वह बहुत फुरतीले थे, इसलिए पहले ही वहाँ से हट गए।

मैंने जल्दी से दूसरे उल्लू को आम के पेड़ के नीचे रख दिया। फिर सुरक्षित दूरी से हमने देखा कि मादा उल्लू अपने बच्चे को बगीचे के किनारे उगी लंबी घास में ले जा रही है। हमने सोचा, वो अपने बच्चों को हमारे कुछ अजीब से परिवार से दूर ले जाएगी, लेकिन अगली सुबह मैंने दोनों छोटे उल्लुओं को बरामदे में रखे हैट स्टैंड पर अड्डा जमाए देखा।

मैं दौड़कर दादाजी को यह खबर देने गया और जब मैं उनको लेकर लौटा तो उनकी माँ को कुछ दूर बने पक्षियों के नहाने के स्थान के पास बैठे देखा। स्पष्ट रूप से वह अपने पिछले दिन के व्यवहार के लिए शर्मिंदा थी, क्योंकि हमारा स्वागत उसने बहुत धीमी सी व्हू-व्हू की आवाज से किया।

देखो, यह है एक निस्स्वार्थ माँ! दादाजी ने कहा, साफ पता चल रहा है कि वो चाहती है, हम उसके बच्चों का ध्यान रखें। शायद अब वे इतने बड़े हो गए हैं कि वो उन्हें सँभाल नहीं पा रही है।''

इस प्रकार वो छोटे उल्लू भी हमारे परिवार का हिस्सा बन गए और उन गिने-चुने पेट्स में शामिल हो गए, जिन्हें दादी भी पसंद करती थीं। उन्होंने हर तरह के साँपों का, अधिकतर बंदरों का और कुछ कौओं का हमेशा विरोध किया था—हमारे घर में ये सब कभी-न-कभी रह चुके थे। लेकिन उन्हें ये दोनों नन्हे उल्लू बहुत पसंद आए और वह अकसर उन्हें प्यार से स्पेगेटी खिलाती थीं।

उन्हें दादी के दिए हुए छिछले बरतन में बैठकर छप-छप करना बहुत अच्छा लगता था। उन्हें और भी मजा आता था, जब उनके नहाते समय कोई उनके ऊपर जग से ठंडा पानी डालता था। वे दोनों पूरी तरह गीले हो जाते, फिर उछलकर बाहर आते, तौलिए के रैक पर चढ़कर अपने शरीर को झटक के पानी झाड़ते और फिर दूसरी बार और कभी-कभी तीसरी बार भी पानी में कूद जाते। दोपहर में वे हैट स्टैंड पर झपकी लेते। अँधेरा होने के बाद वे पूरे घर में आजादी से घूमते और रात को उनका प्रिय काम था झींगुर पकड़ना। किचन में उन्हें काफी शिकार मिल जाते थे। रेंजर जैसी तेज नजरों और कठोर चोंचों की वजह से कीड़े-मकोड़ों का शिकार करना उनके लिए बहुत आसान सा काम था।

जब मैं अपने बचपन के उन दिनों को याद करता हूँ तो मेरे मन में मेरी दादी की आरामकुरसी पर बैठी छवि उभरती है और उनकी एप्रेन पहनी गोद में एक नन्हे संतुष्ट उल्लू की भी। एक बार जब उनकी दोपहर की झपकी के समय मैं उनके कमरे में गया था तो मैंने देखा, एक नन्हा उल्लू रेंगता हुआ उनके तकिए के इतने पास आ गया था कि उसका सिर दादी के कान के नीचे आ गया था।

दादी और नन्हा उल्लू दोनों खर्राटे भर रहे थे।

□

दादाजी और शुतुरमुर्ग की लड़ाई

भारतीय रेलवे में नौकरी करने से पहले दादाजी ने कुछ दिन पूर्वी अफ्रीकन रेलवे में काम किया था और उसी दौरान शुतुरमुर्ग से उनकी वह मशहूर मुठभेड़ हुई थी। दादाजी मेरे बचपन को यह किस्सा सुनाकर अकसर उत्तेजना और रोमांच से भर दिया करते थे और यहाँ मैं यह किस्सा उन्हीं के शब्दों में प्रस्तुत कर रहा हूँ—कम-से-कम जितना मुझे याद है, उतना तो उन्हीं के शब्दों में है—

एक नई रेलवे लाइन बिछाने के काम के दौरान एक बार मैं चमत्कारी ढंग से भयानक मौत के मुँह में जाने से बचा। मैं एक छोटी सी बस्ती में रहता था, लेकिन मेरे काम की जगह वहाँ से करीब 12 मील दूर थी और हालाँकि वहाँ टेंट लगे हुए थे, फिर भी मुझे अकसर घोड़े पर सवार होकर शहर जाना पड़ता था।

एक दिन मेरे घोड़े को चोट लगी होने के कारण मुझे शहर तक किसी और के साथ जाना पड़ा, इस उम्मीद के साथ कि वापस आते समय भी मुझे ऐसी ही मदद मिल जाएगी। लेकिन ऐसा हुआ नहीं और अगली सुबह मैंने पैदल यात्रा करने का निश्चय कर लिया—एक छोटे पहाड़ी रास्ते से, जिससे मुझे करीब 6 मील कम चलना पड़ता।

उस छोटे रास्ते से जाने के लिए एक शुतुरमुर्ग का कैंप या फार्म पार करना आवश्यक था। प्रजनन के दिनों में ऐसे कैंपों के पास से गुजरना, वह भी पैदल, बहुत खतरनाक और जोखिम भरा काम हो सकता है;

क्योंकि उन दिनों में नर शुतुरमुर्ग बेहद खूँखार हो जाते हैं।

लेकिन मैं शुतुरमुर्गों के स्वभाव से परिचित होने के कारण आश्वस्त था कि मेरा कुत्ता मुझ पर हमला करनेवाले किसी भी शुतुरमुर्ग को डराकर भगा देगा। यह बात सुनने में अजीब लग सकती है, लेकिन बड़े से बड़ा शुतुरमुर्ग (कोई-कोई तो नौ फीट तक बढ़ जाता है) भी एक छोटे से कुत्ते को देखकर रेस के घोड़े से भी तेज गति से भाग जाता है। इसलिए, अपने कुत्ते के साथ होने से (एक मोंग्रेल, जिसने मुझे पिछले महीने गोद लिया था) मैं काफी हद तक सुरक्षित महसूस कर रहा था।

कैंप में पहुँचने पर मैंने लोहे के तारों की बाड़ को पार किया और काँटे भरी झाड़ियों के बीच से बचता हुआ आगे बढ़ता रहा। कहीं-कहीं मुझे पक्षी नजर आ रहे थे, जो कुछ दूरी पर अपना भोजन कर रहे थे।

मैं बाड़े से करीब आधा मील आगे बढ़ा था कि अचानक सामने से एक खरगोश आ गया और पलक झपकते ही मेरा कुत्ता उसके पीछे लग गया। मैंने उसे वापस बुलाने की बहुत कोशिश की, यह जानते हुए भी कि मेरा उसे पुकारना व्यर्थ है; क्योंकि खरगोशों के पीछे भागना उसका प्रिय शौक था।

पता नहीं कुत्ते के भौंकने से या मेरे चिल्लाने से, लेकिन जो बात मैं टालना चाहता था, वह मेरे सामने आ गई—शुतुरमुर्ग चौंक गए और इधर-उधर भागने लगे। अचानक मैंने करीब सौ गज दूर एक झाड़ी में से एक बड़े से नर शुतुरमुर्ग को निकलते देखा। वह बिना हिले-डुले कुछ देर तक मुझे घूरता रहा, फिर अपने पंख फैलाकर और पूँछ बिलकुल सीधी करके वह लंबे कदमों से मेरी ओर बढ़ने लगा।

विवेक और बुद्धि को बल से बड़ा मानते हुए (खास तौर से इस मामले में) मैं मुड़ा और बाड़े की दिशा में भागने लगा। लेकिन वह दौड़ बराबरी की नहीं थी। उस विशाल जीव की सोलह से बीस फीट की छलाँग के आगे मेरी दो या तीन फीट की चाल की क्या औकात थी!

बस, एक उपाय था—किसी झाड़ी के पीछे छिपकर शुतुरमुर्ग को चकमा दूँ और उसके थकने का इंतजार करूँ। उसको चकमा देने की कोशिश शायद मेरे बचने की इकलौती संभावना थी।

अपनी दिशा बदलते हुए मैं सबसे पासवाले पेड़ों के झुरमुट की ओर दौड़ा और हाँफते हुए अपना पीछा करनेवाले का इंतजार करने लगा। वह विशाल पक्षी लगभग तुरंत ही मेरे सिर पर पहुँच गया और फिर एक अनोखी मुठभेड़ शुरू हो गई। मैं कभी इधर, कभी उधर भागकर उसको चकमा देता रहा, इस बात का पूरा ध्यान रखते हुए कि मैं उसकी घातक लात के सामने न आ जाऊँ। शुतुरमुर्ग सामने की ओर लात मारता है और उसकी लात में इतनी जबरदस्त शक्ति होती है कि अगर उसके छेनी जैसे नाखून किसी को लग जाएँ तो उसे सिर से पैर तक चीर सकते हैं।

हाँफता हुआ और पूरी तरह असहाय मैं बेतहाशा प्रार्थना कर रहा था कि कोई मेरी मदद के लिए आ जाए और झुरमुट के चक्कर काटे जा रहा था, जो करीब बारह फीट चौड़ा और 6 फीट ऊँचा था। मेरी शक्ति लगातार कम हो रही थी और मुझे एहसास हो गया था कि यह संघर्ष अधिक देर तक चालू रखना मेरे लिए असंभव था। मैं थकावट के कारण गिरने वाला था। जैसे कि उसे मेरी स्थिति का भान हो गया हो, वह क्रोधित पक्षी अचानक दोगुनी रफ्तार से सीधे मेरी ओर झपटा। एक मुश्किल प्रयास से मैं एक ओर हटने में सफल हो गया। यह कैसे हुआ, मैं नहीं जानता; लेकिन फिर मैंने अपने आपको उसके एक पंख से लटका हुआ, उसके शरीर से सटा हुआ पाया।

अब डरने की बारी शुतुरमुर्ग की थी और वह घूमने लगा, बल्कि इतनी तेजी से गोल-गोल चक्कर काटने लगा कि मेरे पैर भी हवा में झूलने लगे। पूरे समय शुतुरमुर्ग तेज आवाज के साथ अपनी चोंच खोलता और बंद करता रहा।

आप मेरी स्थिति की कल्पना कीजिए, जब मैं उस क्रोध से भरे पक्षी के पंख से अपनी जान पर खेलते हुए लटका था और वह मुझे यूँ गोल-गोल घुमा रहा था, जैसे मैं कोई कॉर्क था! मेरी बाँहें खिंचाव से दुखने लगी थीं और लगातार घूमने से मुझे चक्कर आने लगा था। लेकिन मैं जानता था कि अगर मैंने अपनी पकड़ ढीली कर दी तो मेरा बहुत बुरा हश्र होगा—वह हिंसक पक्षी मुझे कुचलकर मार डालेगा!

हम दोनों गोल-गोल घूमते ही रहे। ऐसा लग रहा था कि मेरा दुश्मन कभी थकेगा ही नहीं। लेकिन मैं जानता था कि मैं ज्यादा देर संघर्ष नहीं कर पाऊँगा।

अचानक उसने उलटी दिशा में घूमना शुरू कर दिया। इस अनपेक्षित हरकत से न सिर्फ मेरी पकड़ ढीली हो गई, बल्कि मैं लहराता हुआ जमीन पर गिर पड़ा। मैं एक काँटेवाली झाड़ी के आगे गिरा। अगले ही पल, इससे पहले कि मैं समझ पाता कि क्या हुआ, शुतुरमुर्ग मेरे ऊपर था। मुझे लगा कि मेरा अंत समय आ गया है। स्वाभाविक रूप से मैंने अपने हाथों से अपना चेहरा ढक लिया। लेकिन मैं हैरान रह गया, जब उस विशाल पक्षी ने मुझ पर हमला नहीं किया।

मैंने अपने चेहरे से अपने हाथ हटाए तो देखा, मेरे सामने एक टाँग उठाए शुतुरमुर्ग मुझे चीर डालने के लिए तैयार खड़ा था। मैं हिल भी नहीं पाया। क्या वह मेरे साथ चूहे-बिल्ली का खेल खेल रहा था, ताकि मेरी यातना की अवधि बढ़ती जाए?

मैं उसे रोमांचित होकर देख ही रहा था कि उसने अपनी गरदन तेजी से बाईं ओर घुमाई। एक सेकंड बाद ही वह पीछे मुड़ा और छलाँग लगाते हुए जितनी तेज भाग सकता था, भाग गया। मैं चकित होकर सोचता रहा कि उसे अचानक क्या हो गया था?

मुझे जल्दी ही पता चल गया और मेरी खुशी का ठिकाना नहीं रहा, क्योंकि मुझे अपने खोए हुए कुत्ते के भौंकने की आवाज सुनाई पड़ी और

अगले ही पल वह मेरे चारों तरफ घूमते हुए मेरे हाथ और मुँह को चाट रहा था।

कहने की आवश्यकता नहीं है कि मैंने उसके लाड़ का जवाब बहुत प्यार से दिया! और मैंने इस बात का भी पूरा ध्यान रखा कि शुतुरमुर्गों के कैंप से बाहर निकलने तक वे मेरे पास से कहीं न जाए। □

सफेद शुतुरमुर्ग की वापसी

लगभग पचास वर्ष पहले की बात है, देहरादून की बाहरी सीमा पर एक सुखी विवाहित जोड़ा रहता था—एक अंग्रेज कर्नल और उसकी खूबसूरत फारसी पत्नी। दोनों को बागबानी का बहुत शौक था और उनका सुंदर बँगला बोगनविलिया और गुल-ए-फानूस से ढका हुआ था और उनके बगीचे में गुलाब की खुशबू चमेली की मीठी सुगंध को चुनौती देती प्रतीत होती थी।

कई साल साथ गुजारने के बाद पत्नी अचानक बहुत बीमार हो गई। उसकी बीमारी का कोई इलाज नहीं था। जब उसके प्राण निकलने वाले थे, तब उसने अपने नौकरों से कहा कि वह एक सफेद कबूतर के रूप में अपने बगीचे में वापस लौटेगी, ताकि वह अपने पति के और उस जगह के, जिसे वह इतना प्यार करती थी, पास रह सके।

दोनों का कोई बच्चा नहीं था और समय बीतने के साथ कर्नल को अपनी पत्नी के बिना जीवन बहुत एकाकी लगने लगा था। जब उसकी अपने से उम्र में कुछ साल छोटी एक अंग्रेज विधवा से मुलाकात हुई तो वह उससे शादी करके अपने खूबसूरत बँगले में ले आया। लेकिन जब वह अपनी नई दुलहन को बरामदे की सीढ़ियों से ऊपर ले जा रहा था, तभी एक सफेद कबूतर उड़ता हुआ बगीचे में आया और गुलाब के एक पौधे पर बैठ गया। वह बहुत देर तक उदास, धीमी आवाज में गुटर-गूँ करता हुआ वहाँ बैठा रहा।

उस दिन से रोज वह बगीचे में आता और उसी गुलाब के पौधे

पर बैठकर दु:खी स्वर में लगातार गुटर-गूँ करता रहता। नौकर परेशान हो गए और भयभीत भी। उन्हें अपनी पिछली मालकिन का मरते समय किया हुआ वादा याद आ गया और उन्हें विश्वास हो गया कि उस कबूतर में उनकी आत्मा का वास था।

जब कर्नल की नई पत्नी ने यह कहानी सुनी तो स्वाभाविक था कि वह घबरा गई। उसके पति को इस कहानी में कोई सच्चाई नजर नहीं आ रही थी। लेकिन जब उसने अपनी नई पत्नी को इतना परेशान देखा तो उसने इसके बारे में कुछ करने का निश्चय किया। और फिर एक दिन, जब कबूतर बगीचे में आया तो उसने अपनी राइफल निकाली और चुपके से घर से बाहर निकलकर बरामदे की सीढ़ियों पर आ गया। जब उसने गुलाब की झाड़ी पर कबूतर को बैठे देखा तो अपनी राइफल उठाई, निशाना साधा और गोली चला दी।

एक औरत के जोर से चीखने की आवाज आई और कबूतर लड़खड़ाते हुए उड़ गया। उसकी सफेद छाती खून से लथपथ हो गई थी। वह कहाँ जाकर गिरा, कोई नहीं जानता था।

उसी रात कर्नल की नींद में मौत हो गई। डॉक्टर ने मौत का कारण दिल का दौरा बताया, जोकि सच ही था; लेकिन नौकरों ने कहा कि उनके मालिक की सेहत तो हमेशा से बहुत अच्छी थी और उन्हें विश्वास था कि उनकी मौत का सफेद कबूतर की हत्या से कोई रिश्ता था।

कर्नल की पत्नी देहरादून छोड़कर चली गई और वह खूबसूरत बँगला धीरे-धीरे खँडहर में बदल गया। बगीचा जंगल जैसा हो गया और खाली कमरों में सियार घूमने लगे। कर्नल को उसी की जमीन में दफनाया गया था और उसकी कब्र के ऊपर का पत्थर अभी भी देखा जा सकता है; हालाँकि उस पर लिखी इबारत कब की गायब हो चुकी है।

उस रास्ते से बहुत कम लोग गुजरते हैं। लेकिन जो उधर से जाते हैं, कहते हैं कि उन्होंने अकसर एक सफेद कबूतर को, जिसकी छाती पर लाल धब्बा है, उस कब्र के ऊपर बैठे देखा है। □

तोता, जो बोलता नहीं था

"तुम बेकार हो! न बोल सकते हो, न गा सकते हो, न नाच सकते हो!" रूबी आंटी इन शब्दों से बेचारे तोते को ताना मारती रहती थीं और वह अपने सजावटी पिंजरे में से सबको उदास नजरों से देखता रहता था, जो दादी के उत्तर भारत में स्थित बँगले के बरामदे के एक कोने में लटका था।

उन पुराने दिनों में लगभग सभी के घरों में, चाहे वे भारतीय हों या यूरोपियन, एकाध पालतू तोता या लव बर्ड्स क़ा जोड़ा होता ही था। कभी-कभी ये पक्षी बहुत कुछ बोलना सीख लेते थे; बल्कि कहना चाहिए, नकल उतारना सीख जाते थे और पूरे मंत्र या श्लोक बोलने लगते थे और बच्चों को डाँटने या समझाने के लिए प्रयोग होनेवाले शब्द भी, जैसे—'पढ़ो बेटा, पढ़ो!' या मेरे जैसे लड़कों के लिए—'लालची मत बनो, लालची मत बनो!'

ऐसे वाक्यांश तो खैर हमारे तोते ने भी एक समय के बाद सीख लिये थे, लेकिन हमारे घर के एक सदस्य के लगातार दोहराते रहने के बाद, जिसने उसे बोलना सिखाने का जिम्मा अपने ऊपर ले रखा था।

लेकिन हमारा तोता बात करने को तैयार नहीं था।

उसे रूबी आंटी ने एक बहेलिए से खरीदा था, जो हमारे आस-पास के सभी घरों में पिंजरों में बंद तरह-तरह के पक्षी बेचने के लिए घूम रहा था, जिनमें रंग-बिरंगे बजरीगर, छोटी-छोटी चुलबुली मुनिया

से लेकर साधारण गौरैया भी थीं, जिन्हें उसने रंग पोतकर किसी विदेशी नस्ल का नाम दे दिया था। दादाजी और दादी दोनों ही पिंजरे में कैद पक्षी पालने के पक्ष में नहीं थे; लेकिन रूबी आंटी ने धमकी दी कि अगर उन्हें वह तोता पालने की इजाजत नहीं मिली तो वे गुस्सा हो जाएँगी। और रूबी आंटी का गुस्सा झेलना बहुत मुश्किल काम था!

बहरहाल, उन्होंने उस तोते को रखने की और उसको बात करना सिखाने की जिद पकड़ ली। लेकिन तोते ने उन्हें देखते ही नापसंद कर दिया था और उनकी हर कोशिश को, चिकनी-चुपड़ी बातों को वह नजरअंदाज कर देता था।

"किस, किस!" (मुझे चूमो!) वह उसे पुचकार के कहतीं और अपना गाल पिंजरे की जाली से सटा देतीं।

लेकिन तोता पीछे हट जाता और रूबी आंटी द्वारा चूमे जाने के खयाल से उसकी आँखें गुस्से से छोटी हो जातीं। और एक बार तो उसने अचानक सामने की ओर झपटकर रूबी आंटी का चश्मा उनकी नाक पर से नीचे गिरा दिया।

उस दिन के बाद से रूबी आंटी ने उससे प्यार से बात करना छोड़ दिया और उससे शत्रुतापूर्ण व्यवहार करने लगीं। वे उसे देखकर तरह-तरह के चेहरे बनातीं और उसे सुनाती रहतीं—"न बोल सकता है, न गा सकता है, न नाच सकता है।" इसके अलावा भी वे उसे बुरा-भला कहती रहतीं।

अब उस तोते को खिलाने-पिलाने की जिम्मेदारी मुझ पर, एक दस साल के बालक पर, आ गई और वह भी मेरे हाथ से हरी मिर्चियाँ और पके टमाटर खाकर बहुत खुश होता था। इन व्यंजनों के अलावा उसे आम की फाँकें भी मिलती थीं, क्योंकि उस समय आम का मौसम था। मुझे भी उसको खिलाते समय दो-एक आम खाने का मौका मिल जाता था।

एक दिन दोपहर के समय जब घर के सब लोग अंदर झपकी ले रहे थे, मैंने तोते को खाना खिलाया और फिर जान-बूझकर पिंजरे का दरवाजा खुला छोड़ दिया। कुछ ही पलों में तोता पिंजरे से निकलकर आम के बाग की आजाद हवा में उड़ रहा था।

उसी समय दादाजी बरामदे में आए और बोले, "मैं देख रहा हूँ कि तुम्हारी आंटी का तोता उड़ गया है!"

"दरवाजा काफी ढीला था।" मैंने कंधे उचकाकर कहा।

"खैर, मुझे नहीं लगता, हम उसे दोबारा देख पाएँगे।

रूबी आंटी पहले तो दु:खी हुईं और फिर दूसरा पक्षी लाने की धमकी देने लगीं। हमने उन्हें गोल्डफिश ला देने का वादा करके टाल दिया।

"लेकिन गोल्डफिश बात नहीं करतीं!" उन्होंने विरोध किया।

"वह तो तुम्हारा तोता भी नहीं करता था।" दादाजी ने कहा चलो, हम तुम्हारे लिए एक ग्रामोफोन ला देंगे। तुम दिन भर क्लारा क्लक को सुनती रहना। लोग कहते हैं, उसकी आवाज बुलबुल की तरह मीठी है।"

मैंने सोचा था, हम तोते को फिर कभी नहीं देखेंगे; लेकिन शायद उसे हरी मिर्चियों की याद आ रही थी, क्योंकि कुछ ही दिनों बाद मैंने उसे बरामदे की रेलिंग पर बैठे देखा। वह अपनी गरदन एक ओर झुकाए मेरी ओर आशा भरी निगाहों से देख रहा था। मैंने निस्स्वार्थ भाव से अपने आम में से आधा उसे दे दिया।

जब तोता अपने आम का आनंद ले रहा था, तभी रूबी आंटी अपने कमरे से बाहर आईं और आश्चर्यचकित होकर सबसे कहने लगीं, "देखो, मेरा तोता वापस आ गया! इसे मेरी याद आ रही होगी!"

एक कर्कश आवाज के साथ तोता उनकी पहुँच से बाहर उड़ गया और नजदीक ही लगी गुलाब की झाड़ी पर बैठकर उनको गुस्से से घूरते

हुए उनके परिचित लहजे में चीखने लगा—"तुम बेकार हो! न बोल सकती हो, न गा सकती हो, न नाच सकती हो!"

रूबी आंटी का चेहरा लाल हो गया और वो पैर पटकते हुए अंदर चली गईं।

लेकिन यह उस किस्से का अंत नहीं था। वह तोता अकसर हमारे बगीचे और बरामदे में आने लगा और जब भी वह रूबी आंटी को देखता, बोलने लगता, "तुम बेकार हो! न बोल सकती हो, न गा सकती हो, न नाच सकती हो!"

आखिरकार तोते ने बात करना सीख ही लिया था।

□

नहर

हमें वहाँ नहाना अच्छा लगता था। गरमी की तपती दोपहरों में सुशील और राजू और पीतांबर और मैं। हमारे अलावा और लोग भी जाते थे, लेकिन हम नियमित रूप से जाते थे। हम चारों, जो दूसरे मौकों पर भी मिलते थे, जैसे चाट खाने के लिए या चाय के बागानों में साइकिल चलाने के लिए।

वो नहर अब गायब हो गई है; बल्कि कहना चाहिए, भूमि के नीचे चली गई है। जिस सड़क के समानांतर वो बहती थी, उसी सड़क को चौड़ा करने के लिए उसे कंक्रीट से ढक दिया गया। वो आस-पास की दो एक बड़ी जमीनों के बीच से होकर गुजरती थी और ऐसी ही एक जमीन के एक सिरे पर मिस गमला के घर की सीमा रेखा के जरा सा अंदर उस नहर ने एक घेरे का रूप ले लिया था। उसी स्थान पर एक दूसरी छोटी नहर उससे आकर मिल गई थी और अब यह स्थान नहाने या सिर्फ उछल-कूद करने के लिए हर प्रकार से उपयुक्त था। बहुत छोटे बच्चे तो सारे कपड़े उतारकर नहाते थे, लेकिन हम अभी-अभी तरुणावस्था में पहुँचे थे और अपने कच्छे पहने रहते थे। इसलिए मिस गमला के पास शिकायत करने की कोई वजह नहीं थी।

मुझे नहीं पता, यह उनका असली नाम था भी या नहीं। मुझे लगता है, हम उन्हें, 'मिस गमला' इसलिए कहते थे, क्योंकि उनके घर में हर तरफ ढेर सारे गमले थे। उनका बरामदा गमलों से भरा था, खिड़कियाँ

पर गमले लटके हुए थे और सड़क पर निकलने वाले रास्ते पर भी गमले सजे हुए थे। उनके पास एक माली था, जो हर समय गमलों में पानी देता रहता था। और नहर पास में होने के कारण पानी की कोई कमी तो थी नहीं।

लेकिन मिस गमला को छोटे लड़के अच्छे नहीं लगते थे। वैसे तो बड़े लड़के भी उन्हें खास पसंद नहीं थे। नुकसान पहुँचानेवाले जीव-जंतुओं की उनकी सूची में हमारा नाम काफी ऊपर था। सूची में हमारे अलावा थे बंदर (जो उनके किचन पर हमला करते थे), गौरैयाँ (जो उनकी मटरों का सत्यानास कर देती थीं) और बकरियाँ (जो उनके जेरेनियम खा जाती थीं)। हम इनमें से कोई काम नहीं करते थे, सिर्फ मस्ती करते थे। लेकिन हम शोर बहुत करते थे, जिससे उनकी दोपहर की झपकी में खलल पड़ जाती थी। और मुझे यह भी लगता है कि उन्हें अपने एस्टेट के इर्द-गिर्द हमारा अर्धनग्न अवस्था में उछलना-कूदना बरदाश्त नहीं होता होगा। साठ वर्ष के आस-पास की एक कुँवारी महिला को शायद इस अवस्था में लड़कों की निकटता, चाहे वे कितने भी अपरिपक्व हों, परेशान कर देती होगी।

उनका एक साथी था। एक शोर करनेवाला पेक नस्ल का कुत्ता, जो उनके पीछे हर जगह जाता था और जो भी उनके पास आता था, उसे देखकर कान फाड़नेवाली आवाज में भौंकने लगता था। असल में तो उनकी दोपहर की झपकी में विघ्न हमारे खेलने से नहीं, बल्कि उसके भौंकने से पड़ता था; और फिर वह एक छड़ी लहराती हुई अपने पिछले बरामदे में से निकलतीं और चिल्लाकर हमें भगाने लगतीं।

हम अपने कपड़े समेटकर लैंटाना की झाड़ियों के पीछे दुबक जाते और जैसे ही मिस गमला और उनका कुत्ता घर के अंदर जाते, हम फिर नहर पर आ जाते।

वह नहर 'नालापानी' नाम की एक पहाड़ी की तलहटी से निकली

थी, जहाँ करीब डेढ़ सौ साल पहले एक मशहूर युद्ध हुआ था—अंग्रेजों और गोरखा लोगों के बीच में। लेकिन पता नहीं क्यों, शायद इसलिए कि हम सब इतिहास में बहुत अच्छे नहीं थे, हम उसे 'पानीपत कैनाल' कहते थे, एक ज्यादा मशहूर युद्ध के नाम पर, जो कभी दिल्ली के उत्तर में लड़ा गया था।

हमारी भी अपनी नकली लड़ाइयाँ होती थीं। पानी में छलाँग लगाने से पहले हम नहर के किनारे की घास पर कुश्ती लड़ते थे। नहर का पानी हमारी कमर तक ही आता था और आनंदित होकर चिल्लाते थे। हमारे कल्लोल पर रोक लगाने के लिए वहाँ कोई नहीं होता था। सिवाय मिस गमला के, वो अपनी अखरोट की लकड़ी से बनी छड़ी को हमारी ओर लहराते हुए, नहर के रास्ते पर लँगड़ाते हुए हमें भगाने आतीं और उनके पीछे बड़ी-बड़ी आँखें निकाले उनका पेक कुत्ता।

"भागो यहाँ से, छोकरो!" वह चिल्लातीं, "जाओ अपने गंदे घरों में, वरना मैं तुम लोगों को पुलिस के हवाले कर दूँगी!"

और एक बार तो उन्होंने सच में उस इलाके के थाने में हमारी शिकायत कर दी और दो पुलिसवालों ने आकर पहले हमें कपड़े पहनने के लिए कहा और फिर उनकी जमीन से दूर रहने की चेतावनी दी। लेकिन हेड कांस्टेबल पीतांबर के जीजाजी का जीजा था, इसलिए हमारे ऊपर लगी यह रोक दो दिन से ज्यादा नहीं चली। जल्दी ही हम फिर से अपनी प्रिय नहर के पास पहुँच गए।

जब मिस गमला ने देखा कि हम फिर वहाँ पहुँच गए हैं और पहले की तरह मस्ती और मनमानी कर रहे हैं तो वह गुस्से से आगबबूला हो गईं। और जब हममें से सबसे शैतान राजू ने उनके सामने सारे कपड़े उतारकर एक अलबेला नृत्य प्रस्तुत किया, तब तो वह जैसे पागल ही हो गईं।

जब मिस गमला अपनी छड़ी उठाए उसकी ओर दौड़ीं तो राजू नहर में कूद गया।

"आप भी हमारे साथ यहाँ क्यों नहीं आ जातीं?" सुशील ने क्रोध से भरी मिस गमला को छेड़ा।

"पानी में आ जाइए और अपना गुस्सा ठंडा कर लीजिए।", मैं भला शैतानी में पीछे क्यों रहता?

नन्हा पेक नहर के किनारे गुस्से से भौंकते हुए दौड़ लगा रहा था। वह हमारे पिछवाड़े में अपने दाँत गड़ाने के लिए मरा जा रहा था। मिस गमला अपनी छड़ी लहराते हुए नहर के बिलकुल किनारे तक आ गईं, इस कोशिश में कि राजू के शरीर का कोई हिस्सा तो उनकी छड़ी के संपर्क में आ जाए! आखिर छड़ी की मूठ उसके कंधे पर लग ही गई और वह दर्द से कराह उठा। मिस गमला के मुँह से खुशी भरी चीख निकल गई। वह जीत गई थीं।

उन्होंने एक बार फिर राजू पर हमला किया, लेकिन इस बार मैंने छड़ी का सिरा पकड़कर खींच दिया। छड़ी को छोड़ देने के बजाय मिस गमला ने उसे और जोर से पकड़ लिया। मुझे उस समय अपना हाथ हटा लेना चाहिए था, लेकिन आवेग में मैंने उसे अपनी तरफ हलके से खींचा और हमारी बदकिस्मती से मिस गमला और छड़ी दोनों नहर में गिर पड़े।

मिस गमला कुछ पल पानी के नीचे ही रहीं। फिर वह ऊपर आईं और गुस्से से चिल्लाने लगीं। पेक भी जोर-जोर से भौंकने लगा। शायद वह इस बात से नाराज था कि उसे इस खेल से बाहर क्यों रखा गया था! लेकिन उसने समझदारी दिखाई और हमारे खेल में शामिल नहीं हुआ।

हम मिस गमला को नहर से निकालने की नीयत से उनकी मदद करने गए; लेकिन वह चीखते हुए पीछे हट गईं—"दूर रहो मुझसे, जाओ यहाँ से!"

किस्मत से उनकी छड़ी भी धारा में बहकर दूर चली गई थी।

अब मिस गमला के ऊपर भी पानी में बह जाने का खतरा मँडरा रहा था। पानी में अपने हाथ-पैर चलाते हुए वे अब ऐसी जगह पर

पहुँच गई थीं, जहाँ दूसरी नहर आकर इस नहर से मिलती थी और उस जगह पर पानी का प्रवाह बहुत तेज था। सभी लड़के, बड़े और छोटे, उस ओर जाने से बचते थे। वहाँ पर दोनों नहरें एक भँवर का निर्माण करते हुए आगे बढ़ती थीं।

"मेमसाहब, सावधान रहिएगा!" पीतांबर ने उन्हें आवाज लगाई।

"सँभल के!" मैं चिल्लाया, "आप वहाँ के तेज बहाव के आगे टिक नहीं पाएँगी।"

राजू और सुशील उनकी सहायता के लिए आगे बढ़े। लेकिन चेहरे पर नफरत भरे भाव लिये मिस गमला मुड़ गईं और बहाव के साथ चलने की कोशिश करने लगीं। तभी पानी के एक रेले ने उनका संतुलन बिगाड़ दिया। उनका गाउन लहराकर फूल गया और वह एक पालवाले जहाज की तरह लगने लगीं और फिर पानी में हाथ मारकर संतुलन बनाने की कोशिश करते हुए धीरे-धीरे प्रवाह के साथ आगे बढ़ने लगीं।

हम जल्दी से नहर से बाहर निकले और उनसे आगे निकलने का प्रयास करते हुए किनारे पर दौड़ने लगे; लेकिन हमारे सामने दो बाधाएँ थीं। एक तो पेक हमारी एड़ियों पर दाँत गड़ाए जा रहा था और दूसरे, हमारे शरीरों पर कपड़े नहीं थे और हम भीड़-भाड़वाले दिलाराम बाजार के पास पहुँच गए थे।

बाजार का इलाका शुरू होने के बिलकुल पहले नहर भूमिगत हो गई और फिर दो सौ मीटर आगे जाकर प्रकट हुई, जहाँ ओल्ड सर्वे रोड और ईस्ट कैनाल रोड का संगम होता था। हम यह देखकर घबरा गए कि मिस गमला बहती हुई उस सँकरी सुरंग में जा रही थीं, जो नहर को भूमि के नीचे ले जाती थी। अगर वह नाले में कहीं फँस नहीं गईं तो यह आशा की जा सकती थी कि वह सुरंग के दूसरे छोर से जिंदा बाहर निकल आएँगी।

हम दौड़कर वापस वहाँ पहुँचे, जहाँ हमारे कपड़े पड़े हुए थे।

हमने कपड़े पहने और दौड़ते हुए फिर बाजार में आए और तब तक दौड़ते रहे, जब तक हम कैनाल रोड के अंतिम छोर तक नहीं पहुँच गए। इतना करने में हमें दस से पंद्रह मिनट लगे होंगे।

हमने उस पुलिया पर अपना-अपना स्थान ले लिया, जहाँ नहर दोबारा प्रकट होती थी और इंतजार करने लगे।

हम इंतजार करते रहे।

मिस गमला का कुछ पता नहीं चला।

''वह कहीं फँस गई होंगी।'' पीतांबर ने कहा।

''वह डूब जाएँगी।'' सुशील ने कहा।

''हमारी गलती नहीं है।'' राजू ने सफाई दी, ''अगर हम ये बात किसी को बताएँगे तो हम परेशानी में पड़ जाएँगे। सबको लगेगा, हमने उन्हें धक्का दिया था।''

''हम थोड़ी देर और इंतजार कर लेते हैं।'' मैंने सलाह दी।

और फिर हम नहर के किनारे घूमते रहे, छोटे-छोटे मेढक पकड़ने का नाटक करते रहे और यह उम्मीद करते रहे कि मिस गमला बाहर आ जाएँगी, वह भी जिंदा!

उनकी छड़ी हमारे सामने से बहती हुई चली गई। हमने उसे हाथ भी नहीं लगाया। पीतांबर ने चेतावनी दी कि वह हमारे खिलाफ सबूत का काम कर सकती थी। कुत्ता अपनी मालकिन को सुरंग में गायब होती देख घर चला गया था।

ऐलिस की तरह मैंने सोचा, फर्क इतना है कि वह एक सपना था।

जब अँधेरा हो गया तो हम अपने अपने रास्ते चले गए, यह बात किसी को न बताने की कसम खाते हुए। हमारे ऊपर खून का इलजाम लग सकता था! अब तक तो वैसे भी हमारे अंदर खूनी होने का एहसास जन्म लेने लगा था।

एक सप्ताह बीत गया और कुछ नहीं हुआ। नहर के निचले हिस्से

में कोई फूला हुआ शव बरामद नहीं हुआ। किसी मेमसाहब के लापता होने की खबर नहीं आई।

कहते हैं कि अपराधी हमेशा उस स्थान पर लौटकर जाते हैं, जहाँ गुनाह हुआ था। अपराध भावना से अधिक उत्सुकता के कारण हम चारों बारिश शुरू होने के कुछ पहले एक दिन दोपहर के समय इकट्ठा हुए और चुपचाप जाकर मिस गमला के घर के पीछे की झाड़ियों में छुप गए।

हर तरफ सन्नाटा था, कहीं कोई हलचल नहीं थी। नहर में कोई नहीं खेल रहा था। आम के पेड़ों का ध्यान रखने के लिए वहाँ कोई नहीं था। मिस गमला के आमों को कोई नहीं छूता था। वहाँ से गुजरनेवाले लोग लाठीधारी माली से ज्यादा मिस गमला से डरते थे।

हम झाड़ियों से निकलकर अपने सामने बहते ठंडे व स्वच्छ पानी की ओर बढ़ने लगे।

और फिर घर के अंदर से चिल्लाने की आवाज आई—"बदमाशो! गुंडो! लफंगो! आज मैं तुम्हें पकड़कर ही रहूँगी!"

हमारे सामने मिस गमला थीं—लंबी-तगड़ी, खतरनाक, जिंदा और भली-चंगी और अपने हाथ में बिलकुल नई छड़ी लिये अपनी सीढ़ियाँ उतर रही थीं।

"ये उनका भूत है!" राजू घबराकर बोला।

"नहीं, वो जिंदा हैं।" सुशील ने कहा, "किसी तरह नहर से बाहर निकल आई होंगी।"

"चलो, अच्छा है, कम-से-कम हम खूनी तो नहीं हैं।" पीतांबर बोला।

"हाँ," मैंने सहमति जताई, "लेकिन हम यहाँ कुछ देर और खड़े रहे तो वो हमारा खून जरूर कर देंगी।"

मिस गमला के पास अब उनका माली भी आ चुका था, भौंकता

हुआ उनका पेक भी और एक-दो अन्य नौकर भी।

"चलो, यहाँ से चलते हैं।" राजू बोला।

हम भाग निकले और उस दिन के बाद फिर कभी वहाँ नहीं गए।

मिस गमला ने पानीपत की लड़ाई जीत ली थी।

□

सफेद चूहे

दादी को मुझे स्टेशन तक ले जाकर दिल्ली की ट्रेन में बैठाने की जिम्मेदारी अंकल केन को हरगिज नहीं सौंपनी चाहिए थी। वह मुझे स्टेशन तक तो ठीक-ठाक ले गए, लेकिन उसके बाद उन्होंने मुझे गलत ट्रेन में बैठा दिया।

मैं उस समय नौ या दस वर्ष का था और सर्दी की छुट्टियों के कुछ दिन अपने दादाजी और दादी के साथ बिताने देहरादून आया था। अब स्कूल खुलने वाले थे और मुझे अपने माता-पिता के पास दिल्ली जाना था।

''ध्यान रखना कि रस्किन सही डिब्बे में बैठे।'' दादी ने अपने इकलौते बेटे केनेथ को हिदायत दी थी, ''और यह भी देखना कि उसको बर्थ मिल जाए और उसके पास पानी भी हो।''

अंकल केन ने उनके सभी निर्देशों का पालन किया।

उन्होंने मेरे लिए एक चॉकलेट भी खरीदी, लेकिन मुझे समझाते हुए कि ज्यादा पढ़ाई किए बिना परीक्षा में पास कैसे हुआ जा सकता है, उन्होंने आधी से ज्यादा चॉकलेट खुद ही खा ली। (मैं किसी दिन आपको भी यह राज बताऊँगा।) ट्रेन प्लेटफॉर्म से रवाना हो गई और हम दोनों ने एक-दूसरे को आत्मीयता से हाथ हिलाकर 'गुडबाय' कहा।

एक घंटे और दो स्टेशनों के निकलने के बाद मैं यह जानकर घबरा गया कि मैं दिल्ली की ट्रेन में नहीं था, बल्कि लखनऊ की ट्रेन में था, जो विपरीत दिशा में करीब 300 मील आगे था। कंपार्टमेंट में किसी ने

मुझे अगले स्टेशन पर उतर जाने की सलाह दी। दूसरे ने कहा कि "आधी रात को किसी अनजान स्टेशन पर उतरना एक छोटे बच्चे के लिए उचित नहीं होगा। लखनऊ पहुँचने तक इंतजार करो, एक और यात्री ने कहा, 'फिर अपने माता-पिता को टेलीग्राम भेज देना।'

सुबह-सुबह ट्रेन लखनऊ स्टेशन पहुँची। एक यात्री इनसानियत दिखाते हुए मुझे स्टेशन मास्टर के ऑफिस में ले गया। दरवाजे पर उनके नाम की तख्ती लगी थी—श्री पी. के. घोष, स्टेशन मास्टर। जब उन्हें बताया गया कि मैं किस विकट परिस्थिति में फँस गया था तो उन्होंने अपने चश्मे में से घूरते हुए कहा, "हाँ-हाँ, हमें इसके घरवालों को टेलीग्राम भेजना ही चाहिए।"

"मेरे पास अभी उनका पता नहीं है।" मैंने कहा, "वे मुझे दिल्ली में मिलने वाले थे। आप देहरादून में मेरे दादाजी को टेलीग्राम भेज दीजिए।"

"ठीक है, ठीक है।" मि. घोष बोले, जिन्हें शायद कुछ शब्द दोहराकर बोलने की आदत थी। तब तक मैं तुम्हें अपने घर ले चलकर अपने परिवार से मिलाता हूँ।"

मि. घोष का घर स्टेशन के ठीक पीछे था। उन्होंने अपने रसोइए से मेरे लिए दूध वाली मीठी चाय और दो बड़े रसगुल्ले मँगवाए।

"तुम्हें रसगुल्ले पसंद हैं न, हैं न?"

"हाँ, पसंद हैं सर।" मैंने कहा, "बहुत-बहुत धन्यवाद।"

"चलो, अब मैं तुम्हें अपने परिवार से मिलाता हूँ।"

और वह मेरा हाथ पकड़कर मुझे अपने घर के पीछे कुछ ऊँचाई पर बने बरामदे में ले गए। मैं यह देखकर हैरान रह गया कि वहाँ पर एक लघु रेलवे मौजूद था। स्टेशन, रेलवे के बँगलों, सिग्नल बॉक्स समेत। उसके बगल में एक छोटा सा मेले का मैदान था, जिसमें झूले, चकरी और फेरिस व्हील आदि रखे हुए थे। चकरियों और झूलों पर

पंद्रह–बीस सफेद चूहे उछल–कूद कर रहे थे। कुछ चूहे लघु सुरंगों के अंदर–बाहर दौड़ते हुए एक खिलौना रेलगाड़ी पर चढ़ रहे थे। मि. घोष ने एक बटन दबाया और वह खिलौना रेलगाड़ी, जिसमें चूहे भरे हुए थे, स्टेशन को छोड़कर छुक–छुक करती हुई बरामदे के दूसरे छोर की ओर चल पड़ी।

"यह मेरा बहुत पुराना शौक है।" मि. घोष ने कहा, "तुम्हें ये सब कैसा लगा कैसा होगा?"

"मुझे ट्रेन अच्छी लगी, सर।"

"लेकिन चूहे नहीं?"

"यहाँ इतने सारे चूहे हैं, सर। ये तो बहुत सारे रसगुल्ले खा जाते होंगे!"

"नहीं, नहीं, मैं इन्हें रसगुल्ले नहीं देता।" मि. घोष कुछ चिढ़े हुए स्वर में बोले, "सिर्फ रेलवे के बिस्कुट के टुकड़े देता हूँ। ये स्टेशन पर मिलनेवाले पुराने बिस्कुट ही इनके लिए सही हैं। हमारे कुछ बिस्कुटों को तो सालों से किसी ने हाथ भी नहीं लगाया है। हमारे दाँतों के लिए बहुत कठोर हैं। रसगुल्ले तो तुम्हारे और मेरे लिए हैं। अब मैं तुम्हें यहाँ छोड़कर ऑफिस जाता हूँ और तुम्हारे दादाजी को टेलीग्राम भेज देता हूँ। ये आज कल के नए फैशन के फोन कभी ढंग से काम नहीं करते!"

दादाजी शाम को आ गए। तब तक मैं चूहों को बिस्कुट खिलाने में मदद करता रहा और मि. घोष को खिलौना रेलगाड़ी चलाते हुए देखता रहा। कुछ चूहे ट्रेन में बैठे, कुछ झूलों और चकरियों पर खेलते रहे और कुछ मि. घोष की जेब में अंदर–बाहर करते और उनकी यूनिफॉर्म पर दौड़ लगाते रहे। जब तक दादाजी पहुँचे, मैं लगभग एक दर्जन रसगुल्ले खा चुका था और मि. घोष की बैठक में रखी एक बड़ी सी आरामकुरसी पर सो गया था। मेरी नींद खुली तो मैंने देखा कि स्टेशन मास्टर दादाजी को अपनी चूहों की रेलवे कॉलोनी दिखाने में व्यस्त थे। चूँकि दादाजी भी

रेलवे में काम करते हुए रिटायर हुए थे, इसलिए उनकी दिलचस्पी भी खिलौना रेल में अधिक थी। फिर भी वे चूहों के बारे में अच्छी-अच्छी बातें करते रहे। उनकी गुलाबी आँखों और प्यारे-प्यारे नन्हें पंजों की तारीफ करते रहे। मि. घोष ने प्रसन्न होकर और रसगुल्ले मँगवा लिये।

जब दादाजी और मैं अपनी सामान्य ट्रेन के डिब्बे में आराम से बैठ गए तो मि. घोष खिड़की पर हमें 'गुडबाय' कहने आए।

जब ट्रेन चलने लगी तो उन्होंने मेरे हाथों में गत्ते का एक डिब्बा पकड़ा दिया और बोले, "तुम्हारे दादाजी और तुम्हारे लिए एक तोहफा है!"

और रसगुल्ले होंगे, मैंने सोचा। लेकिन जब ट्रेन ने रफ्तार पकड़ ली और मैंने डिब्बे का ढक्कन खोला तो देखा कि उसमें रुई के बिस्तर पर दो सफेद चूहे सोए हुए हैं।

देहरादून वापस पहुँचकर मैंने उन चूहों को डिब्बे में ही रहने दिया। उनको लेकर मेरे मन में एक योजना थी। अंकल केन ने लगभग पूरा दिन अमरूद के बाग में छुपकर बिताया था। उन्हें मेरा सामना करने में शर्म आ रही थी। दादी ने एक जिम्मेदार वयस्क व्यक्ति होने के बारे में उन्हें अच्छा-खासा भाषण दिया था, लेकिन फिर भी मैं बदला लेने के लिए आतुर था।

रात को खाना खाने के बाद मैं धीरे से उनके कमरे में गया और उनके बिस्तर की चादर के नीचे उन चूहों को छोड़ दिया।

एक घंटे के बाद हम सबको अपने बिस्तरों से निकलकर बाहर आना पड़ा, क्योंकि अंकल केन अपने कमरे से बाहर निकलकर चिल्ला रहे थे कि उनके पाजामे के अंदर कुछ रुई जैसी मुलायम चीज दौड़ रही है।

"चलो, उतारो अपना पाजामा!" दादाजी ने मुझे आँख मारते हुए कहा। वह समझ गए थे कि माजरा क्या था!

जब अंकल केन ने टैप डांस किया तो एक चूहा उनके पाजामे से

निकलकर बाहर आया लेकिन दूसरा, जो उनकी कमीज की बाँह में घुसकर ऊपर चढ़ गया था, अचानक अंकल की ठुड्डी के नीचे से बाहर झाँकने लगा। अंकल केन पागल जैसे हो गए। उन्हें विश्वास हो गया कि उनके कमरे में चूहे भरे हुए थे—गुलाबी, सफेद और भूरे और वे स्टोर रूम में बंद होकर एक पुराने सोफे पर सो गए।

अगले दिन दादाजी मुझे स्टेशन लेकर गए और दिल्ली की ट्रेन में बैठा दिया। इस बार मैं सही ट्रेन में बैठा था।

''मैं सफेद चूहों का खयाल रखूँगा।'' उन्होंने कहा।

दादाजी को चूहों से बहुत लगाव हो गया और उन्होंने मि. घोष को चिट्ठी भी लिखी, यह पूछने के लिए कि क्या वह उन्हें एक और जोड़ा दे सकते थे? लेकिन उन्हें बाद में पता चला कि मि. घोष का कहीं और तबादला हो गया था और वह अपने परिवार को अपने साथ ले गए थे।

□

विल्सन ब्रिज

लकड़ी का वह पुराना पुल अब टूट चुका है और अब जिस रास्ते से भागीरथी गंगोत्री से मिलने जाती है, वहाँ लोहे का झूलनेवाला पुल खड़ा है। लेकिन गाँववाले आपको बताएँगे कि विल्सन के घोड़े की टापों की आवाज अभी भी सुनाई देती है, जब वह डेढ़ सौ साल पहले अपने बनाए पुल पर से गुजरता है। उस समय गाँववाले अपनी सुरक्षा के प्रति सशंकित रहते थे और उन्हें पुल की मजबूती पर भरोसा दिलाने के लिए विल्सन बार-बार घोड़े पर सवार होकर उस पर से गुजरता था। नदी के अंतिम छोर पर उस पुल के अवशेष अभी भी देखे जा सकते हैं। विल्सन और उसकी सुंदर, पहाड़ी बीवी गुलाबी की किंवदंती भी उस इलाके में अकसर सुनी-सुनाई जाती है।

मैं नदी के पास स्थित जंगल के पुराने रेस्ट हाउस में अपने कुछ मित्रों के साथ गया था। मेरे मित्रों में रे दंपती थे, जिनकी हाल में शादी हुई थी और दत्ता दंपती थे, जिनकी शादी को कई साल हो चुके थे। युवा रे दंपती के बीच अकसर झगड़े हुआ करते थे और बुजुर्ग दत्ता दंपती उन्हें चिंता से अधिक विनोद के भाव से देखा करते थे। मैं सबके साथ होते हुए भी एक बाहरी व्यक्ति की तरह था। एक कुँवारा आदमी होने की वजह से उन सबकी नजर में मेरा कोई महत्त्व नहीं था और एक मैरिज काउंसलर (विवाह से संबंधित सलाह देनेवाला) की हैसियत से मैं उनके किसी काम का नहीं था।

मैं अपना अधिकतर समय नदी के किनारे टहलने में या आस-पास के देवदार और ओक (बलूत) के घने जंगलों में घूमने में बिताता था। यही वे पेड़ थे, जिन्होंने विल्सन और उसके संरक्षक टेहरी के राजा को मालामाल कर दिया था। उन्होंने लकड़ी के बड़े-बड़े लट्ठों को नदी में बहाकर, मैदान में स्थित लकड़ी के गोदाम तक पहुँचाकर इन विशाल जंगलों का भरपूर फायदा उठाया था।

एक दिन जब मैं देर शाम रेस्ट हाउस में लौट रहा था तो मैंने पुल के दूसरे छोर से एक आकृति को धुंध में से निकलते देखा। मैंने गौर से देखा तो वह एक औरत थी। उसने साधारण सी पहाड़ी धोती पहनी हुई थी और उसके खुले बाल कंधों तक लटक रहे थे। शायद उसे मेरी मौजूदगी का आभास नहीं था और वह पुल की रेलिंग से नीचे झुककर पानी के तेज बहाव को देखने लगी। और फिर मेरे देखते-देखते वह रेलिंग पर चढ़कर नदी में कूद गई। मैं बुरी तरह घबरा गया।

मैं चिल्लाते हुए आगे दौड़ा, लेकिन मेरे रेलिंग तक पहुँचने से पहले वह उफनती हुई नदी में गिर चुकी थी और पानी के तेज बहाव के साथ बहे जा रही थी।

चौकीदार का कमरा वहाँ से कुछ दूरी पर था। कमरे का दरवाजा खुला था। चौकीदार रामसिंह अपनी खटिया पर लेटा हुआ हुक्का पी रहा था।

"अभी-अभी किसी औरत ने पुल से नीचे छलाँग लगा दी!" मैंने हाँफते हुए उसे बताया, वह पानी में बह रही है!"

चौकीदार पर इस बात का कोई असर नहीं हुआ।

"गुलाबी होगी।" उसने जैसे अपने आप से कहा। फिर उसने मुझसे पूछा, "क्या आपने उसे अच्छी तरह से देखा था?"

"हाँ, वह एक लंबे, खुले बालोंवाली औरत थी; लेकिन मैंने उसका चेहरा ठीक से नहीं देखा था।"

"वो गुलाबी ही होगी। वो सिर्फ एक भूत है, साहब! घबराने की बात नहीं है। आए दिन कोई-न-कोई उसे नदी में छलाँग लगाते हुए देखता है। बैठ जाइए।" उसने एक पुरानी सी कुरसी की ओर इशारा करते हुए कहा, "आप आराम से बैठिए, मैं आपको उसके बारे में सबकुछ बताता हूँ।"

हालाँकि मैं बिलकुल भी सहज महसूस नहीं कर रहा था, फिर भी मैं रामसिंह से गुलाबी की आत्महत्या की कहानी सुनने बैठ गया। वह मेरे लिए एक गिलास मीठी, गरम चाय बनाकर लाया और फिर मुझे विस्तार से बताने लगा कि कैसे विल्सन, एक अंग्रेज शिकारी, जो अपनी किस्मत बनाना चाहता था, एक दिन कस्तूरी मृग के शिकार के लिए निकला था और उसकी मुलाकात गाँव की ओर से आती गुलाबी से हो गई थी। उस लड़की की भूरी-हरी आँखें और खिलता हुआ गोरा रंग देखकर वह मंत्रमुग्ध हो गया और अपने सारे काम छोड़कर उसके घरवालों के बारे में पता करने में लग गया। क्या विल्सन को सच में उससे प्यार हो गया था या वह सिर्फ गुलाबी के प्रति उसका आकर्षण था? हम शायद यह कभी नहीं जान पाएँगे। अपनी यात्राओं और साहसिक कारनामों के दौरान उसकी मुलाकात कई लड़कियों से हुई थी; लेकिन गुलाबी उन सबसे अलग थी—मासूम और निष्कपट! विल्सन ने उससे शादी करने का फैसला कर लिया। गुलाबी के सीधे-सादे घरवालों को कोई आपत्ति नहीं थी।

शिकार की अपनी सीमाएँ थीं और विल्सन को लगा कि जंगल की अथाह प्राकृतिक संपदा को हासिल करने में ज्यादा फायदा था। कुछ ही वर्षों में उसने ढेर सारी दौलत कमा ली। उसने एक बड़ी सी कोठी हरसिल में बनवाई, दूसरी देहरादून में और तीसरी मसूरी में। गुलाबी के पास वह सबकुछ था, जिसकी उसने कभी कल्पना की होगी, दो स्वस्थ बेटों सहित। जब विल्सन काम के सिलसिले में बाहर जाता तो वह

अपने बच्चों का ध्यान रखती और हरसिल में अपने विशाल सेबों के बाग की देखभाल करती।

और फिर वह मनहूस दिन आया, जब मसूरी के बाजार में विल्सन की मुलाकात एक अंग्रेज महिला रुथ से हुई और उसने उसे भी अपने प्यार और दौलत की हिस्सेदार बनाने का निर्णय कर लिया। विल्सन ने उसके लिए भी एक सुंदर सा घर बनवा दिया। अब उसे हरसिल में गुलाबी और अपने बच्चों के साथ कम समय मिल पाता था। व्यापार के काम से (अब एक बैंक में भी उसकी हिस्सेदारी थी) वह अब पहाड़ के एक आधुनिक होटल में रहने लगा था। वह एक लोकप्रिय मेजबान था व अपने दोस्तों और सहयोगियों को शिकार पार्टियों के लिए देहरादून ले जाता था।

गुलाबी अपने बच्चों को गाँव के तौर-तरीकों से बड़ा कर रही थी। कई दिनों से उसे विल्सन की उस मसूरीवाली औरत के साथ चल रही रँगरेलियों के किस्से सुनने को मिल रहे थे। एक बार जब विल्सन अपनी दिन पर दिन दुर्लभ होती यात्राओं पर घर आया तो गुलाबी ने उसका सामना किया और उसकी इस हरकत का विरोध करते हुए उस औरत को छोड़ देने की चेतावनी दी। उसने बात टाल दी और गुलाबी से कहा कि वह बेकार की अफवाहों पर ध्यान न दे। जब वह मुड़कर जाने लगा तो गुलाबी ने टेबल पर रखी फलिंटलॉक पिस्तौल उठाई और विल्सन पर एक गोली चला दी। गोली उसे न लगकर आइने पर लगी और आइना टूटकर चूर-चूर हो गया। गुलाबी दौड़ते हुए घर से बाहर निकल गई और बाग को पार करते हुए जंगल में चली गई और वहाँ से ढलवाँ सड़क पर चलते हुए वह उस पुल पर पहुँच गई, जो विल्सन ने दो-तीन साल पहले ही बनवाया था। जब विल्सन कुछ सँभला तो अपने घोड़े पर सवार होकर उसकी खोज में निकल पड़ा। लेकिन तब तक बहुत देर हो चुकी थी। गुलाबी पुल पर से नीचे उफनती नदी में कूद चुकी थी।

उसका शव वहाँ से दो-तीन मील आगे कुछ पत्थरों के बीच में फँसा हुआ मिला।

यह वो कहानी थी, जो रामसिंह ने मुझे सुनाई थी, अपनी ओर से नमक-मिर्च लगा के। मैंने सोचा, शाम को रेस्ट हाउस में आग के सामने बैठकर अपने दोस्तों को सुनाने के लिए यह कहानी अच्छी रहेगी। कहानी तो उन्हें रोमांचक लगी; लेकिन जब मैंने उन्हें बताया कि मैंने गुलाबी का भूत देखा था तो उन्हें मेरी बात मनगढ़ंत लगी। मिसेज दत्ता को कहानी दु:खद लगी। युवा मिसेज रे को लगा, गुलाबी बेवकूफ थी। वह एक सीधी-सादी लड़की थी, मिसेज दत्ता ने अपनी राय दी।

उसने वही किया, जो उसे समझ में आया। पैसे से खुशी नहीं खरीदी जा सकती।'' मि. रे बोले।

''नहीं,'' मिसेज दत्ता बोलीं, लेकिन पैसे से आराम और सुख-सुविधा के कई साधन खरीदे जा सकते हैं।''

मिसेज रे दूसरी चीजों के बारे में बात करना चाहती थीं, इसलिए मैंने विषय बदल दिया। एक कुँवारे आदमी के लिए, जिसे दो शादीशुदा जोड़ों के साथ शाम बितानी पड़ रही हो, स्थिति कभी-कभी बहुत उलझन भरी हो सकती है। कई ऐसी ढकी-छुपी बातें होती हैं, जिन्हें वह महसूस तो करता है, लेकिन उनके बारे में कुछ कर नहीं पाता।

उस दिन के बाद मैं अकसर पुल पर टहलने चला जाता था। दिन में तो पुल पर काफी हलचल और वाहनों का आवागमन रहता था, लेकिन शाम होने के बाद सड़क पर कुछ एक वाहन ही दिखाई देते थे और पैदल चलनेवाले तो इक्का-दुक्का ही होते थे। नीचे से धुंध उठती थी और पुल के दूसरे छोर पर अँधेरा छा जाता था। मैं पुल पर शाम को ही जाना पसंद करता था, कुछ अपेक्षा और कुछ इस उम्मीद के साथ कि मुझे गुलाबी का भूत फिर दिखाई दे जाए। असल में मैं उसका चेहरा देखना चाहता था। क्या वह अभी भी उतनी ही सुंदर लगती होगी,

जितनी उसे कहानियों में बताया जाता था?

हमारे वापस लौटने के एक दिन पहले शाम को ऐसा कुछ हुआ, जो मुझे आने वाले कई दिनों तक परेशान करता रहा।

जैसे-जैसे हमारे वापस जाने के दिन नजदीक आ रहे थे, माहौल में एक बेचैनी सी फैलने लगी थी। रे दंपती में शायद समझौता हो गया था, हालाँकि वह आपस में ज्यादा बात नहीं कर रहे थे। मि. दत्ता को दिल्ली में अपने ऑफिस पहुँचने की जल्दी हो रही थी और मिसेज दत्ता का गठिया सिर उठाने लगा था। मुझे भी बेचैनी हो रही थी, क्योंकि मैं मसूरी में अपने लिखने की टेबल पर वापस पहुँचना चाहता था।

उस शाम मैंने आखिरी बार पहाड़ों की रात की ठंडी हवा का आनंद लेने के लिए पुल पर टहलने जाने को सोचा। चाँद तब तक निकला नहीं था और काफी अँधेरा था, हालाँकि पुल के दोनों ओर लैंप लगे हुए थे, जिनसे आने-जानेवालों को पर्याप्त रोशनी मिल जाती थी।

मैं पुल के बीचोबीच खड़ा था, जहाँ सबसे ज्यादा अँधेरा था और नीचे बह रही नदी के तेज उफान की आवाज सुन रहा था। तभी मैंने लैंप की रोशनी में से एक साड़ी में लिपटी औरत को निकलकर रेलिंग की ओर बढ़ते देखा।

मैंने सहज रूप से आवाज लगाई, ''गुलाबी!''

वह मेरी ओर आधी मुड़ी, लेकिन मैं उसका चेहरा ठीक से नहीं देख पाया। हवा में उसके बालों ने उसका पूरा चेहरा ढक लिया था और मुझे सिर्फ उसकी विस्फारित आँखें दिखाई दे रही थीं। वह रेलिंग पर चढ़कर नदी में कूद गई। जब उसके शरीर ने पानी का स्पर्श किया तो मुझे छपाक की आवाज भी सुनाई पड़ी।

एक बार फिर मैंने खुद को रेलिंग के उस हिस्से की ओर दौड़ता पाया, जहाँ से वह कूदी थी। और फिर मैंने रेस्ट हाउस की दिशा से किसी और को भी उसी जगह पर दौड़कर आते देखा। वह युवा मि. रे थे।

"मेरी बीवी!" वह चीखे, "क्या आपने मेरी बीवी को देखा है?"

वो भागते हुए रेलिंग तक गए और नीचे उफनती हुई नदी के पानी में झाँकने लगे।

"देखिए! वहाँ है वो!" उन्होंने पानी में हाथ-पाँव मारते एक असहाय शरीर की ओर इशारा किया।

हम तेजी से नीचे उतरते हुए नदी तक पहुँचे, लेकिन तब तक लहरें उसे बहा ले गई थीं। पत्थरों और झाड़ियों के बीच से जगह बनाकर भागते हुए हमने डूबती हुई उस महिला तक पहुँचने की पूरी कोशिश की। लेकिन उस अपवित्र स्थान पर नदी एक प्रचंड धारा के समान बहती है और हमें मिसेज रे का शव करीब एक घंटे बाद एक बहते हुए लकड़ी के लट्ठे में फँसा हुआ मिला।

मिसेज रे को उस स्थान के नजदीक ही दफना दिया गया, जहाँ उनका शव मिला था और हम सब उदासी और दुःख से भरे अपने-अपने घर लौट गए—शांत और सहमे हुए से, पर पहले से ज्यादा समझदार होकर।

यदि आप कभी उस इलाके में जाएँ और देर शाम पुल पर से गुजरें तो हो सकता है, आपको गुलाबी का भूत दिखाई दे या विल्सन के घोड़े की टाप सुनाई दे, जब वह गुलाबी को ढूँढ़ता हुआ पुल पर से गुजरे! यह भी हो सकता है कि आपको मिसेज रे का भूत दिखाई दे और उनके पति की पीड़ा भरी चीख सुनाई दे, या फिर कोई और दिखाई दे, कौन जानता है!

□

चील की आँखें

वह एक तेज, तीखी आवाज थी—लगभग कुत्ते के भौंकने जैसी। जय अपने आस-पास की घास में उगी जंगली स्ट्रॉबेरी चुनना छोड़कर ऊपर आसमान की ओर देखने लगा। उसके पास एक कुत्ता था, मोटू नाम का एक झबरा पहरेदार कुत्ता! लेकिन मोटू भौंक नहीं रहा था, वह गुर्रा रहा था। वो अजीब सी आवाज आसमान से आ रही थी और जय पहले भी वह आवाज सुन चुका था। अब जबकि वह समझ चुका था कि आवाज किसकी थी, वह उछलकर खड़ा हो गया और अपनी भेड़ों को और कुत्ते को घर लौटने के लिए आवाज लगाने लगा। मोटू दौड़ता हुआ उसके पास आ गया, उसके साथ खेलने के लिए तैयार!

"नहीं, अभी नहीं, मोटू!" जय बोला, "हमें अपनी भेड़ों को जल्दी घर ले चलना चाहिए।" और जय फिर से आसमान की ओर देखने लगा।

अब उसे साफ दिखाई दे रहा था सूरज के सामने एक धब्बा, जो पहाड़ के चक्कर काटते हुए नीचे आ रहा था और हर पल बड़ा होता जा रहा था—एक सुनहरा बाज, हिमालय पर्वत के ऊपर के आसमान का राजा, झपट्टा मारकर अपने शिकार को दबोचने के लिए तैयार था।

क्या उसकी नजर किसी तीतर या नेवले पर पड़ गई थी? या वह उसकी किसी भेड़ को दबोचना चाहता था? जय ने अभी तक चील के हाथों अपनी कोई भेड़ नहीं गँवाई थी; लेकिन हाल ही में उसने कुछ

गड़रियों को एक सुनहरी चील के बारे में बात करते सुना था, जो उनके पशुओं को अपना शिकार बना रही थी।

भेड़ें घूमती हुई पहाड़ की ओर चली गई थीं और जय उनके पीछे यह देखने के लिए दौड़ा कि कहीं कोई मेमना अकेला तो नहीं पड़ गया।

मोटू जोर-जोर से भौंकता हुआ इधर-उधर दौड़ रहा था। वह भेड़ों की रखवाली करने के मामले में बहुत होशियार नहीं था, बल्कि खुद ही उनसे टकराता रहता था, जिसकी वजह से भेड़ें ढलान पर से लुढ़कती रहती थीं; लेकिन उसका विशाल आकार और भालू जैसा रूप तेंदुओं और भेड़ियों को उनसे दूर रखता था।

जय मेमनों की गिनती कर रहा था; मेमने जोर-जोर से मिमिया रहे थे और अपनी माँओं से चिपके हुए थे—एक...दो...तीन...चार।

पाँच होने चाहिए थे। जय को पाँचवाँ मेमना नीचे ढलान पर दिखाई नहीं दे रहा था। उसने ऊपर तुंगनाथ मंदिर की ओर जानेवाले खड़े रास्ते के किनारे एक चट्टान देखी। सुनहरा बाज उस चट्टान के चक्कर काट रहा था।

अचानक उस विशालकाय पक्षी ने चक्कर काटना बंद कर दिया। वह कुछ फीट नीचे आया और फिर अपने विशाल पंख अपने पीछे फैलाकर और अपने मजबूत पंजे धरती पर उतरते विमान के पहियों की तरह आगे निकालकर वह तेजी से नीचे आया और चट्टान के पीछे चला गया।

एक पल के लिए बाज नजरों से ओझल हुआ, फिर एक छोटे से जीव को अपने खतरनाक पंजों में दबोचे हुए दोबारा प्रकट हो गया।

"उसने एक मेमने को पकड़ लिया है!" जय चिल्लाया। वह ढलान पर से भागते हुए नीचे जाने लगा। मोटू उसके आगे दौड़ रहा था उस विशाल पक्षी के ऊपर जोर-जोर से भौंकते हुए,जो बेर की झाड़ियों

के ऊपर से उड़ते हुए तुंग के ऊपर की चट्टानों पर बने अपने घोंसले की ओर तेजी से उड़ता जा रहा था।

जय और मोटू गुस्से और बेबसी के साथ खड़े होकर गायब होते बाज को देखते रहने के अलावा कुछ नहीं कर सकते थे। मेमना तो चील के पंजों में आते ही मर गया था। बाकी भेड़ें इस हादसे से अनजान थीं। वे अभी भी मजे से पहाड़ों की घनी व मीठी घास चर रही थीं।

"इन्हें घर ले जाना ही ठीक होगा, मोटू।" जय ने कहा और लड़के के सिर हिलाते ही वह विशाल कुत्ता ढलान से नीचे दौड़ने लगा, भेड़ों को घर ले जाने के अपने प्रिय खेल में शामिल होने के लिए। कुछ ही देर में वह भेड़ों को चारों ओर दौड़ा रहा था और जय को उन्हें साथ रखने के लिए भागना पड़ रहा था। आखिरकार वे सब उसी तरह दौड़ते-भागते घर की ओर चल दिए।

एक अच्छा मेमना चला गया—जय ने अपने आप से कहा। पता नहीं दादाजी क्या कहेंगे?

दादाजी ने कहा, "कोई बात नहीं। एक-न-एक दिन यह होना ही था। वो बाज कई दिनों से भेड़ों की ताक में था।"

दादी, जो ज्यादा व्यावहारिक थीं, बोलीं, "हम उस मेमने को बेचते तो तीन सौ रुपए मिल जाते। आगे से ज्यादा सावधान रहना, जय। पहाड़ के पास सो मत जाना और भेड़ों को चराते समय कहानी की किताबें मत पढ़ना!"

"आज सुबह मैं किताब नहीं पढ़ रहा था।" जय ने ईमानदारी से जवाब दिया, हालाँकि वो यह बताना भूल गया कि वो स्ट्रॉबेरी बटोर रहा था।

"पढ़ना इसके लिए अच्छा है।" दादाजी ने कहा, जिन्हें कभी स्कूल जाने का मौका नहीं मिला था। उनके समय में पहाड़ों में स्कूल नहीं हुआ करते थे। अब तो हर गाँव में एक स्कूल था।

"इसे रात को काफी समय मिल जाता है पढ़ने के लिए।" दादी ने कहा, जिनकी अपने गाँव माकू के छोटे से एक कमरेवाले स्कूल के बारे में बहुत अच्छी धारणा नहीं थी।

"खैर, अभी तो अक्तूबर की छुट्टियाँ चल रही हैं।" दादाजी बोले, "वरना ये भेड़ों की देखभाल में मदद करने के लिए हमारे पास नहीं होता। महीने के अंत तक बर्फ पड़ने लगेगी और हमें अपने मवेशियों के साथ यहाँ से जाना पड़ेगा। तब तुम्हें पढ़ने के लिए ज्यादा समय मिलेगा, जय!"

माकू में, जो नीचे की गरम घाटी का एक गाँव था, जय के माता-पिता कुछ संकीर्ण छतों को खेती के लिए तैयार करके उन पर जौ, बाजरा और आलू उगाते थे। बुजुर्ग लोग गरमी के महीनों में अपने मवेशियों को घास चराने के लिए तुंग तक लेकर आते थे। वे एक छोटे से पत्थर के झोंपड़े में रहते थे, जो प्राचीन मंदिर को जानेवाले रास्ते से कुछ दूरी पर बना था। समुद्र तल से 12,000 फीट की ऊँचाई पर स्थित हिंदुओं का वह मंदिर हिमालय की भीतरी श्रृंखला का सबसे ऊँचा मंदिर है।

अगले दिन जय और मोटू बहुत सावधानी बरत रहे थे। वे भेड़ों को एक पल के लिए भी अपनी आँखों से ओझल नहीं होने दे रहे थे और उन्हें सुनहरे बाज की झलक भी नहीं दिखी थी।

अगर उसने फिर से हमला किया तो? जय सोच रहा था—मैं उसे कैसे रोक पाऊँगा?

कठोर चोंच और मजबूत पंजोंवाले उस विशालकाय बाज से एक लड़का या उसका कुत्ता मुकाबला नहीं कर सकते थे। बाज का पिछला पंजा, जो करीब चार इंच की गोलाई का था, उसका सबसे खतरनाक हथियार था। जब वह अपने पंख फैलाता था तो एक कोने से दूसरे तक उसकी चौड़ाई आठ फीट से ज्यादा हो जाती थी।

उस दिन बाज दिखाई नहीं दिया, क्योंकि उसका पेट भरा हुआ था और वह अपने घोंसले में आराम कर रहा था। तीतरों की पुरानी हड्डियाँ,

मरे हुए मुरगे, नेवले यहाँ तक कि भेड़िए भी—उस चट्टान के चारों ओर बिखरे पड़े थे, जहाँ बाज का घर था। बाज की एक मादा साथी भी थी, लेकिन प्रजनन काल न होने के कारण वह कहीं और घूम रही थी।

सुनहरा बाज अपनी चट्टान पर खड़ा हुआ शाही अंदाज में नीचे घाटी को देख रहा था। उसकी कठोर, घूरती नजरों से कुछ भी नहीं छूट रहा था। वह अनोखी, नारंगी-पीली आँखें सौ गज नीचे घूम रहे चूहे को भी देख सकती थीं और खरगोश को भी।

पहाड़ों में और बाज भी थे, लेकिन वे आम तौर पर अपने इलाके तक ही सीमित रहते थे। जो थोड़े साहसी होते थे, वही मेमनों पर हमला करते थे; क्योंकि पशुओं के झुंड हमेशा इनसानों और कुत्तों के संरक्षण में रहते थे।

बाज अपने घोंसले से निकला और शान से शक्तिशाली उड़ान भरते हुए घाटी के ऊपर तुंग पहाड़ के चक्कर काटने लगा।

नीचे स्लेटी ग्रेनाइट की शिलाओं से बना प्राचीन मंदिर था। मंदिर तक पहुँचने के संकीर्ण रास्ते पर तीर्थ यात्रियों की कतार लगी थी। पहाड़ के नीचे घास के मैदानों में बाज की मौजूदगी से बेखबर भेड़ें चैन से घास चर रही थीं। सूरज की रोशनी में ढलानों पर विशाल पक्षी की छाया पड़ रही थी।

बाज ने लड़के और कुत्ते को देखा, लेकिन उनसे डरा नहीं। उसकी नजर एक मेमने पर थी, जो बाकी भेड़ों से कुछ दूर घास पर उछल-कूद कर रहा था।

जय ने बाज को तब तक नहीं देखा, जब तक वह करीब सौ फीट दूर उभरी चट्टानों तक नहीं आ गया। बाज धीरे से आगे बढ़ा, बिना अपने पंख हिलाए, क्योंकि उसने गोता मारने के लिए अपनी गति पहले ही निर्धारित कर ली थी। फिर वो सीधे मेमने के ऊपर झपट पड़ा।

मोटू ने बाज को समय रहते देख लिया। वह धीरे से गुर्राते हुए

आगे की ओर झपटा और लगभग बाज के साथ ही मेमने के पास पहुँच गया।

एक जबरदस्त मुठभेड़ होने लगी। पंख बिखरने लगे। बाज क्रोध से चीखने लगा। मेमना ढलान पर से लुढ़ककर नीचे जाने लगा और मोटू दर्द से कराहने लगा, क्योंकि बाज की बड़ी सी चोंच उसके पैर में ऊपर की ओर धँस गई थी।

विशालकाय बाज इस भिड़ंत से भौंचक्का सा हो गया था और वह अपने विशाल पंख फड़फड़ाते हुए कुछ अस्थिरता के साथ वहाँ से उड़ गया।

मोटू ने मेमने को बचा लिया था। वह डरा हुआ था, लेकिन घायल नहीं था। मिमियाते हुए वह बाकी भेड़ों के पास चला गया और उसे देखकर बाकी भेड़ों ने भी मिमियाना शुरू कर दिया। ऐसा प्रतीत हो रहा था कि जो कुछ भी हो रहा था, उसके बारे में सबने एक साथ शिकायत करना शुरू कर दिया था।

जय दौड़ कर मोटू के पास गया, जो दर्द से कराहते हुए जमीन पर पड़ा था। उसके पैर के ऊपरी हिस्से में गहरा घाव हो गया था, जिसमें से खून बहकर घास पर गिर रहा था।

जय ने चारों तरफ नजर दौड़ाई। बाज कहीं नजर नहीं आ रहा था। उसने जल्दी से अपनी शर्ट और बनियान उतारी, फिर उसने बनियान मोटू के घाव पर लपेटकर अपनी बेल्ट से कस दी।

मोटू उठ नहीं पा रहा था और जय के उठाने के हिसाब से वह बहुत भारी था। बाज के लौटने के डर से जय अपने कुत्ते को अकेला नहीं छोड़ना चाहता था।

वह खड़ा हुआ और अपने दोनों हाथों से मुँह को ढककर जोर से दादाजी को पुकारने लगा।

"दादा, दादा!" जय चिल्ला रहा था और आखिर दादाजी ने उसकी

आवाज सुन ली और ढलान पर से भागते हुए उसके पास आ गए। उनके पीछे एक और गड़रिया आ गया और फिर सबने मिलकर मोटू को उठाया और घर ले गए।

मोटू की चोट काफी गहरी थी, लेकिन दादी ने उसे साफ करके जड़ी-बूटियों का लेप लगा दिया। फिर उन्होंने गाजर के टुकड़े काटकर चोट के ऊपर रखे और पट्टी बाँध दी। ये पहाड़ों में चोट लगने पर किया जानेवाला प्राचीन इलाज है। लेकिन मोटू के ठीक होकर दौड़ने-भागने में काफी समय था। तब तक शायद बर्फ पड़ने लगेगी और ऊँचे पहाड़ों के इन चरागाहों को छोड़कर घाटी में लौटने का समय आ जाएगा।

लेकिन भेड़ों को तो चराने के लिए ले जाना आवश्यक था, इसलिए बचे हुए दिनों में दादाजी ने जय के साथ जाने का फैसला कर लिया।

दो-तीन दिनों तक तो उन्हें सुनहरे बाज की झलक भी नहीं दिखी और जब दिखी तो वह दूसरी पर्वत श्रृंखला के ऊपर उड़ रहा था। शायद उसे अपने भोजन का कोई और साधन मिल गया था या शायद भेड़ों का कोई और झुंड।

"क्या तुम्हें बाज से डर लगता है?" दादाजी ने पूछा।

"पहले नहीं लगता था," जय ने जवाब दिया, "जब तक उसने मोटू को घायल नहीं किया था। मुझे नहीं लगता था कि वो इतना खतरनाक हो सकता है। लेकिन मोटू ने भी उसे चोट पहुँचाई थी। वो सीधे जाकर उससे भिड़ गया था!"

"शायद अब वो हमें परेशान नहीं करेगा।" दादाजी ने विचारपूर्वक कहा, "पक्षी के पंख आसानी से क्षतिग्रस्त हो जाते हैं, बाज के भी।"

जय को उनकी बात पर भरोसा नहीं हो रहा था। उसने बाज को दो बार आक्रमण करते देखा था और वह जानता था कि उसे किसी से डर नहीं लगता था। जब उसके मन में डर का एहसास जन्म नहीं लेगा, वह भेड़ों के झुंड से दूर नहीं रहेगा।

अगले दिन दादाजी की तबीयत ठीक नहीं थी। उन्हें बुखार जैसा महसूस हो रहा था और वह बिस्तर से नहीं उठे। मोटू तीन पैरों पर लँगड़ाते हुए चल रहा था। उसके चोट वाले पैर में अभी भी दर्द था।

''भेड़ों को लेकर बहुत दूर मत जाओ।'' दादी ने सलाह दी, उन्हें घर के पास ही चरने दो।''

''लेकिन यहाँ तो ज्यादा घास भी नहीं है।' जय ने बहस की।

''जब तक वो बाज चक्कर लगा रहा है, मैं नहीं चाहती कि तुम अकेले बहुत दूर जाओ।'' दादी ने कहा।

''उसे मेरी छड़ी दे दो।'' दादाजी ने बिस्तर पर लेटे-लेटे कहा।

वह एक पुरानी छड़ी थी, जंगली चेरी की पुरानी लकड़ी से बनी हुई, जिसे दादाजी अकसर लेकर घूमते थे। उसकी लकड़ी मजबूत और तपी हुई थी। छड़ी लंबी और मोटी थी और जय के कंधे तक पहुँच रही थी।

''इसे खो मत देना।'' दादाजी ने कहा, ''ये कई साल पहले मुझे एक घुमंतू विद्वान् ने दी थी, जो तुंगनाथ मंदिर में दर्शन करने आया था। मैंने सोचा था कि तुम्हारे बड़े होने पर तुम्हें यह छड़ी दूँगा, लेकिन शायद यही सही समय है तुम्हें ये छड़ी सौंपने का। अगर बाज तुम्हारे पास आए तो अपने सिर के ऊपर इसे घुमाना। ऐसा करने से वह डर जाएगा।''

पहाड़ों के ऊपर बादल घिरने लगे थे और घने कुहरे ने तुंगनाथ मंदिर को ढक लिया था। सर्दियों के आगमन के साथ तीर्थ यात्रियों की संख्या काफी घट गई थी। गड़रिए पहाड़ के हरे-भरे घास के मैदानों को छोड़कर नीचे अपने गाँवों में लौटने लगे थे। जल्दी ही उन पर्वत शृंखलाओं पर भालुओं, तेंदुओं और सुनहरे बाजों का राज होने वाला था।

जय अपनी चेरी की छड़ी की सहायता से भेड़ों को हाँकते हुए चलता रहा, जब तक कि वह घास के मैदान तक नहीं पहुँच गया। उस समय छड़ी ही मोटू का विकल्प थी और भेड़ें भी छड़ी की भाषा मोटू

की धक्का-मुक्की से बेहतर ढंग से समझ रही थीं।

अचानक ठंड बढ़ने से और बर्फ गिरने की संभावना से दादी ने जय को एक मोटी, गरम जैकेट पहना दी थी और साथ ही एक तिब्बती व्यापारी से खरीदे ऊँचे बूट भी। जय को बूट पहनने की आदत नहीं थी। वह अधिकतर सैंडल पहनता था और उसे ऊँचे-नीचे पहाड़ी रास्ते पर तेज चलने में परेशानी हो रही थी। भेड़ों को एक साथ झुंड में रखना थकानेवाला काम था। कुछ कौओं की काँव-काँव ने जय को बाज के आस-पास होने की चेतावनी दी, लेकिन कुहरे के कारण वह ज्यादा दूर तक देख नहीं पा रहा था।

कुछ देर बाद कुहरा छँट गया और जय को मंदिर और उसके पीछे की बर्फीली चोटियाँ दिखने लगीं। उसे सुनहरा बाज भी दिखा। वह उसके ऊपर आसमान में मँडरा रहा था। जय अपनी भेड़ों के नजदीक ही खड़ा रहा। उसकी एक नजर बाज पर थी और दूसरी बेचैन हो रही भेड़ों पर।

फिर वह विशाल पक्षी झुका और नीचे उतरने लगा। उसने मंदिर की परिक्रमा की और यूँ जताया, जैसे वह वापस जा रहा हो। जय को विश्वास था कि वह वापस आएगा। और कुछ ही मिनटों के बाद वह पहाड़ की दूसरी ओर से प्रकट हुआ। अब वह काफी नीचे था। उसने अपने पंख फैलाकर पीछे किए हुए थे और तेज नाखूनोंवाले पंजे आगे। उसकी तीखी नजर अपने शिकार पर थी—एक नन्हे से मेमने पर, जो अचानक अपने झुंड से और जय से अलग होकर घूमता हुआ घास चरने ढलान पर चला गया था।

अब बाज उड़ता हुआ और नीचे उतरा, जमीन से बस कुछ फीट ऊपर। उसने लड़के की मौजूदगी पर बिलकुल ध्यान नहीं दिया। वह तेज हवा के झोंके के साथ जय के बगल से निकला। जैसे ही वह उसकी बगल से निकला, जय ने अपनी छड़ी से उसके ऊपर एक

जोरदार प्रहार किया।

बाज मेमने को नहीं पकड़ पाया और मेमना उछलता हुआ भाग गया।

जय यह देखकर हैरान था कि बाज वहाँ से उड़कर दूर नहीं गया, बल्कि एक पहाड़ी पर बैठ गया और उसे घूरने लगा, जैसे एक राजा अपनी प्रजा के किसी ऐसे क्षुद्र व्यक्ति को देखता है, जिसने उस पर पत्थर फेंकने की जुर्रत की हो!

सुनहरे बाज की ऊँचाई लगभग जय जितनी ही थी। उसके पंख अभी भी फैले हुए थे। उसकी क्रूर आँखें जैसे लड़के को अंदर तक भेद रही थीं।

जय के मन में पहला खयाल तो पलटकर भाग जाने का आया। लेकिन चेरी की छड़ी अभी भी उसके हाथ में थी और उसे महसूस हुआ, जैसे उस छड़ी में कोई अदृश्य शक्ति है। उसने देखा कि बाज एक बार फिर मेमने पर झपटने के लिए तैयार हो रहा है। यह देखकर भागने के बजाय जय अपने सिर के ऊपर छड़ी लहराते हुए आगे की ओर दौड़ने लगा।

बाज ने कुछ फीट ऊपर उड़ान भरकर अपने विशाल पंजों से जय के ऊपर हमला कर दिया। किस्मत से उसकी मोटी जैकेट ने उसे प्रहार की तीव्रता से बचा लिया। लेकिन उसके एक नाखून ने जैकेट की बाँह को चीर दिया और बाँह फटकर अलग हो गई। उसी समय छड़ी बाज के फैले हुए पंखों पर लग गई। पक्षी के मुँह से दर्द और क्रोध भरी चीख निकल गई। फिर वह मुड़ गया और तेजी से उड़ान भरते हुए, लेकिन अपने जख्मी पंखों के कारण लड़खड़ाते हुए वहाँ से चला गया।

जय ने अभी भी छड़ी को कसकर पकड़ा हुआ था, क्योंकि उसे डर था कि बाज वापस आ सकता है; उसने अपनी फटी हुई जैकेट की ओर नजर भी नहीं डाली। लेकिन सुनहरा बाज वहाँ से कुछ दूर एक चट्टान

पर बैठ गया था। उसे दोबारा आक्रमण करने की कोई जल्दी नहीं थी।

जय अपनी भेड़ों को हाँकता हुआ घर की ओर ले जाने लगा। बादल और घने व काले हो गए थे और आखिर मौसम की पहली बर्फ गिरनी शुरू हो गई।

जय ने एक खरगोश को अजीब ढंग से पहाड़ी के नीचे भागते देखा। जब वह करीब पचास गज आगे पहुँचा तो बाज के फड़फड़ाते पंखों से हवा का तेज झोंका आया और जय ने बाज को खरगोश के ऊपर झपटते देखा।

इसका मतलब उसे ज्यादा चोट नहीं लगी थी, जय ने सोचा। उसे राहत सी महसूस हुई, क्योंकि मन-ही-मन वह उस विशालकाय पक्षी के रोबीले व्यक्तित्व से प्रभावित भी था और अब उसे दूसरा शिकार मिल गया है।

खरगोश ने बाज को देखा तो वह उसे छकाने की कोशिश करने लगा और पेड़ों के एक झुरमुट की ओर भागने लगा। जय को पता नहीं चला कि बाज उसे पकड़ पाया या नहीं, क्योंकि तभी अचानक बर्फ व ओलों का गिरना बढ़ गया और बर्फ के तूफान में खरगोश और बाज दोनों कहीं गुम हो गए।

भेड़ें उसके पीछे मिमिया रही थीं। एक मेमना थका हुआ लग रहा था और जय उसे गोद में उठाने के लिए झुक गया। जैसे ही वह झुका, उसे एक महीन, रोने जैसी आवाज सुनाई पड़ी। वह आवाज हर पल तेज होती जा रही थी। इससे पहले कि वह ऊपर देख पाता, एक विशाल पंख ने उसके कंधे पर प्रहार किया और वह चारों खाने चित होकर गिर पड़ा। मेमना भी उसके साथ लुढ़कने लगा और दोनों एक काँटेदार जंगली बेर की झाड़ी में जाकर अटक गए।

उस झाड़ी ने उन्हें बचा लिया था। जय ने एक और बाज को नीचे उड़ते देखा। वह कोई दूसरा बाज था! एक को तो उसने काबू में कर

लिया था और अब यह दूसरा आ गया था—उतना ही विशाल और निडर। शायद यह पहले बाज की मादा साथी थी।

जय की छड़ी खो गई थी और उसके पास इस दूसरे बाज से मुकाबला करने का कोई साधन नहीं था। इसलिए वह मेमने को गोद में दबोचे हुए झाड़ी के और अंदर घुस गया। और फिर वह गला फाड़कर चिल्लाने लगा—पक्षी को डराने के साथ-साथ किसी को मदद के लिए बुलाने के उद्देश्य से भी। बाज अब उन तक तो नहीं पहुँच सकता था, लेकिन बाकी भेड़ें तो पहाड़ी के पास अकेली ही थीं। निश्चित रूप से अब बाज उन्हें दबोचने की कोशिश करेगा।

जैसे ही बाज ने चक्कर काट के नीचे गोता लगाने की तैयारी की, जय को क्रोध से भरी भौंकने की आवाज सुनाई पड़ी। बाज फौरन घूम गया और आसमान की ओर उड़ गया।

भौंकने की आवाज मोटू की थी। जय के चिल्लाने की आवाज सुनकर उसे लग गया था कि कुछ गड़बड़ है और वह लँगड़ाते हुए घर से बाहर निकल आया था—जंग लड़ने के लिए तैयार होकर। उसके पीछे एक और गड़रिया आया और सबसे कमाल की बात यह थी कि दो तवे हाथ में बजाते हुए दादी खुद भी आ गईं।

भौंकने की आवाज, बरतनों के बजने की आवाज और जय का चिल्लाना—इन सबसे डरकर बाज वहाँ से दूर चले गए। भेड़ें भी तितर-बितर हो गईं और उन्हें एकत्रित करने में काफी समय लग गया। तब तक बर्फबारी भी काफी बढ़ गई थी।

"कल हम सबको माकू चलना पड़ेगा।" गड़रिए ने कहा।

"हाँ, अब यहाँ से जाने का समय आ गया है।" दादी ने स्वीकार किया, "तुम अपनी कहानी की किताबें फिर से पढ़ सकते हो, जय।"

"अब तो मेरे पास सुनाने के लिए अपनी खुद की कहानी है।" जय ने कहा।

जब वे घर पहुँचे और जय ने दादाजी को देखा तो वह बोला, ''अरे, मैं आपकी छड़ी तो वहीं भूल आया!''

लेकिन मोटू ने छड़ी उठा ली थी। वह उसे अपने दाँतों में दबाकर ले आया था और अब उसे लेकर खुले दरवाजे पर बैठा था। उसे लग रहा था कि चेरी की लकड़ी उसके दाँतों के लिए अच्छी थी और उसने पूरी छड़ी चबा डाली होती, अगर दादी ने वह उसके पास से ले न ली होती।

''कोई बात नहीं,'' दादाजी ने अपनी खटिया पर बैठे हुए कहा, ''छड़ी की कोई कीमत नहीं होती। कीमत उसकी होती है, जिसके हाथ में वो होती है।''

□

परियों का पहाड़

वे छोटी-छोटी हरी रोशनी, जो मैं परी-टिब्बा पर देखा करता था। उसका कोई न-कोई वैज्ञानिक कारण तो होना ही चाहिए, ऐसा मैं विश्वास करता था। अँधेरे के बाद हम कई ऐसी चीजें देखते हैं या आवाजें सुनते हैं जो कि रहस्यमय या निराधम लगती है। पर दिन की साफ रोशनी में हम पाते हैं कि उस जादू के रहस्य का कोई-न-कोई कारण था।

पर मैं कभी-कभी जब देर रात में शहर से, जंगल के किनारे बने अपने कॉटेज पर पैदल वापस आता था तो वह रोशनी दिखती थी कि वह इतनी तेजी से चलती थी कि लोगों द्वारा ले जा रही मशाल या लालटेन तो हो नहीं सकती थी। और चूँकि परी-टिब्बा पर कोई सड़क नहीं थी तो वे किसी ठेले या साइकिल की रोशनी भी नहीं हो सकती थी। किसी ने मुझे बताया कि वहाँ पहाड़ी पर फॉस्फोरस था, इसलिए देर रात में वह जगमग करता था। संभवतः मुझे इस बात का खयाल नहीं था।

उन छोटे-छोटे लोगों से मेरा आमना-सामना दिन की रोशनी में हुआ। एक दिन सवेरे अप्रैल के शुरू में मैंने एक प्रेरणा पर निश्चय किया कि मैं परी टिब्बा की चोटी पर चढ़ूँगा और अपने आप देखूँगा कि वहाँ पर क्या है? हिमालय की तराई में यह वसंत का मौसम था। पेड़ों में, फूलों में, घास में, जंगली फूलों में और यहाँ तक कि मेरी

नसों में एक तरह के रस का प्रवाह हो रहा था। मैंने ओक के जंगल का रास्ता लिया, जो पहाड़ के नीचे बह रही एक छोटी सी नदी के पास निकलता था और फिर उसके ऊपर परी टिब्बा परियों के पर्वत की खड़ी चढ़ाई। ऊबड़-खाबड़ रास्तों से ऊपर जाने के लिए हाथ-पैर से रेंगते हुए काफी मशक्कत करनी पड़ी। रास्ता नदी पर जाकर खत्म हो जाता था। उसके बाद मुझे घास-फूस और झाड़ियों, झाड़-झंखाड़ को पकड़-पकड़कर ऊपर चढ़ाई करनी पड़ी। फिसलनवाला रास्ता तथा रास्ते में चीड़ की पेड़ की पड़ी हुई सुइयाँ ऊपर चढ़ना बहुत मुश्किल पैदा कर रही थी। पर अंत में मैं ऊपर पहुँच ही गया—एक घास से भरा समतल पठार, जिसके चारों ओर चीड़ के पेड़ तथा कुछ जंगली लोकाट के पेड़ थे, जिसमें सफेद फूल आ रहे थे।

यह बड़ी ही सुंदर जगह थी और क्योंकि मुझे गरमी लग रही थी और पसीना आ रहा था मैंने अपने ज्यादातर कपड़े उतार दिए और लोकाट के पेड़ के नीचे विश्राम करने लगा। ऊपर चढ़ना काफी थका देनेवाला था। एक ताजा हवा के झोंके ने फिर से मेरे अंदर जान फूँक दी। चीड़ के पेड़ों से आती हवा से एक गुनगुनाहट की आवाज पैदा हो रही थी, और हरी-घास पर छोटे-छोटे बटरकप के फूल खिल रहे थे। वातावरण में झींगुर और घास के कीड़ों की आवाजें आ रही थी।

कुछ समय बाद मैं उठा और चारों तरफ के दृश्य का अवलोकन किया, उत्तर की ओर लैंजडर था। जिसके कॉटेज के लाल-मुर्चा लगी छतें नजर आ रही थी। दक्षिण की तरफ एक चौड़ी घाटी में चाँदी की तरह चमकती एक नदी की धारा बहकर गंगा की तरफ जा रही थी। पश्चिम में रोलिंग पहाड़ियाँ, थोड़े से यहाँ-वहाँ जंगल और एक छोटी सी घाटी थी। पर्वतों से घिरी घाटी मेरी उपस्थिति में डिस्टर्ब होकर एक हिरन चिल्लाते हुए इधर से उधर खुली जगह में होता हुआ भागकर गया और सामने की ढलान पर चला गया। लंबी पूँछवाले नीले

मैगपाइज का एक झुंड उड़कर एक पेड़ से दूसरे ओक के पेड़ पर जाकर बैठ गया।

मैं अकेला था, हवा और आसमान के साथ अकेला। शायद कई महीने या कई साल हो गए होंगे, जब यहाँ से कोई मानव गुजरा होगा। मुलायम घनी घास सबसे अधिक मन लुभा रही थी, आकर्षित कर रही थी। धूप से गरम हरी घास पर मैं लेट गया। मेरे शरीर के भार से उनमें जो छोटे-छोटे क्लवा और कैटमिंट के पौधे से उसमें एक सुगंध हवा में फैल गई। एक छोटी सी चिड़िया लेडीबर्ड मेरे शरीर पर चढ़कर मेरे शरीर का मुआयना करने लगी। सफेद तितलियों का एक झुंड मेरे चारों तरफ फड़फड़ाकर उड़ने लगा।

मैं सो गया। मुझे कुछ पता नहीं मैं कितनी देर सोया, पर जब मैं उठा तो मेरे पैरों और जाँघों पर एक असामान्य अनुभव हो रहा था। ऐसा लग रहा था जैसे गुलाब की पंखुड़ियों से मुझे कोई सहला रहा हो।

अब मेरी सारी सुस्ती गायब हो गई थी और मैंने जब आँखें खोलीं तो पाया कि एक छोटी सी लड़की—या वह एक औरत थी? लगभग दो इंच ऊँची मेरी छाती पर पालथी मारकर बैठी थी और मुझे बहुत ध्यान से देख रही थी। उसके बाल लंबी चोटियों के रूप में लटक रहे थे। उसका रंग मधु की तरह था। उसके छोटे-छोटे बाल बाँजफल की तरह थे। उसके हाथ में बटर कप का एक फूल था, जो इसके हाथ से बड़ा था तथा जिससे वह मेरे शरीर को सहला रही थी।

मेरे सारे शरीर में झुनझुनी हो आई। मेरे अंग-अंग में एक कामोत्तेजक लहर दौड़ रही थी।

एक छोटा सा लड़का—आदमी? बिलकुल नंगा लड़का अब परी लड़की के साथ हो लिया उन्होंने अपने हाथ पकड़े और मेरी आँखों में मुसकराकर देखने लगे। उनके दाँत मोती की तरह थे, उनके होंठ

खूबानी के फूल की तरह मुलायम थे। क्या वे प्रकृति की आत्माएँ थीं या फूलों की परियाँ, जिनके बारे में मैं अकसर स्वप्न देखा करता था। मैंने अपना सिर उठाया और देखा कि ऐसे तमाम छोटे-छोटे लोग मेरे ऊपर चढ़े हुए मेरे पैर, जाँघों, कमर और हाथ को देख रहे थे, अनुभव कर रहे थे। नाजुक परवाह करनेवाले मृदुल और सहलाते हुए प्राणी। वे मुझे प्यार करना चाहते थे।

वे मुझे ओस, पराग या और किसी मुलायम इत्र से नहला रहे थे। मैंने अपनी आँखें बंद कर लीं। भौतिक सुख की लहर मेरे ऊपर दौड़ पड़ी। मुझे इस तरह की किसी चीज का पहले पता नहीं था। मेरे अवयव अब पनीले हो गए थे। मेरे ऊपर आसमान घूम रहा था और मैं संभवतः बेहोश हो गया था।

जब मैं जागा, लगभग एक घंटे बाद वे छोटे-छोटे लोग चले गए थे। मधुलता (हनीसफल) की खुशबू सारे वातावरण में व्याप्त थी। एक गड़गड़ाहट ने मुझे ऊपर देखने को विवश किया। ऊपर काले-काले बादल छाए थे बारिश होने की धमकी दे रहे थे। क्या बादलों की गड़गड़ाहट से डरकर वे शिलाओं के नीचे या पेड़ की जड़ों में चले गए थे? क्या वे किसी अजनबी के साथ खेल-कूद कर थक गए थे? अवश्य ही वे कुछ नटखट थे, क्योंकि जब मैंने अपने कपड़े ढूँढ़ना चाहे और चारों ओर नजर घुमाकर देखा तो मेरे सारे कपड़े गायब थे।

मैं एकदम घबड़ा गया। मैं इधर-उधर भागा-दौड़ा पेड़ों और झड़ियों के पीछे देखा; पर सब व्यर्थ कपड़े कहीं नजर नहीं आए। परियों के साथ कपड़े भी गायब हो गए थे—हाँ, यदि वास्तव में वे परियाँ थीं।

बारिश शुरू हो गई थी। बड़ी-बड़ी बूँदे शिलाओं से टकराकर दूर-दूर छिटक रही थीं। बर्फ गिरने लगी थी और थोड़ी देर पर सारी पहाड़ी ढलान बर्फ से ढक गई थी। कहीं भी कोई सिर छुपाने की जगह

नहीं थी। नंगा ही मैं नदी की धारा की ओर नीचे दौड़ने लगा। मुझे देखने के लिए कोई नहीं था—केवल एक पहाड़ी बकरी दूसरी दिशा में दौड़ती जा रही थी। तेज हवा के झोंके से बारिश और बर्फ के थपेड़े मेरे मुँह और सारे शरीर पर लग रहे थे। हाँफते-काँपते मैंने एक लटकी हुई बड़ी चट्टान के नीचे शरण ली। जब तक कि तूफान चला नहीं गया। अब तक लगभग शाम हो गई थी, और मैं अपने कॉटेज तक बिना किसी से मिले लौटा, केवल कुछ लंगूरों के, जो मुझे देखकर चौंककर आपस में बोलने लगे थे।

मेरा काँपना नहीं रुका, अतएव मैं एकदम से बिस्तर में घुसकर सोने गया। मुझे बिना किसी सपने के गहरी नींद आई और अगली सुबह जब मैं उठा तो मुझे तेज बुखार था। बुखार 104.^{0}f था। मैंने कुछ गोलियाँ खाईं और फिर बिस्तर पर लेट गया।

फिर मैं दोपहर में देर तक लेटा रहा। मेरी तंद्रा तभी टूटी, जब पोस्टमैन ने खट-खट किया। मैंने पत्रों को बिना खोले (जो असामान्य था) मेज पर रख दिया और फिर बिस्तर पर लेट गया।

मुझे लगभग एक हफ्ते बुखार रहा, जिससे मैं काफी कमजोर हो गया और अधमरा हो गया। चाहते हुए भी मैं अब परी टिब्बा पर चढ़ नहीं सकता था; पर मैं खिड़की के पास अपनी कुरसी पर अधलेटा उस सूने पहाड़ के ऊपर से बादलों को आते-जाते देखता रहता था। देखने में वह सूना लगता था, पर आश्चर्यजनक रूप से उसमें बस्ती थी। जब अँधेरा हो जाता था तो मैं प्रतीक्षा करता था कि हरी-परी रोशनियाँ मुझे दिखेंगी; पर मुझे ऐसा लगता था कि अब शायद ही वे मुझे दिखाई दें।

अतएव मैं अपनी डेस्क टाइपराइटर 'न्यूजपेपर' आर्टिकल्स और पत्राचार पर लौट आया। यह बड़े अकेलेपन का समय था। मेरे जीवन में मेरा विवाह सफल नहीं हुआ; मेरी पत्नी जो ऊँची सोसाइटी में रहना पसंद

करती थी। उसे एक असफल लेखक के साथ जंगल में कॉटेज में रहना नागवार था। वह मुंबई में अपने ज्यादा सफल कैरियर के पीछे भाग रही थी। धन कमाने की मेरी इच्छा हमेशा आधे दिल से ही रही है; जबकि मेरी पत्नी को हमेशा अधिक-से-अधिक धन चाहिए था। उसने मुझे छोड़ दिया था—छोड़ दिया था मेरी किताबों और मेरे सपनों के साथ।

परी टिब्बा पर वह अजीब हार सा अनुभव? आखिर क्या था? या मेरी अतिशय सक्रिय कल्पना ने उन वायु की आत्माओं का सृजन किया था, वह ऊपरी वायु के सिद्धांत? क्या वे सब जमीन के अंदर रहनेवाले थे, जो पहाड़ों के पेट में काफी भीतर रहते थे। मुझे पता था कि यदि मुझे अपनी अक्ल ठिकाने पर रखनी है तो मुझे रोजमर्रा के मामूली कामों में व्यस्त होना पड़ेगा। जैसे कि शहर जाकर ग्रोसरी (राशन-पानी) लाना, लीकिंग छत को ठीक करवाना, बिजली का बिल जमा करवाना था। बैंक में जाकर चेक जमा कराना, जो कभी-कभी भूले-भटके आ जाते थे। तमाम मामूली चीजें जो जीवन को बहुत सुस्त और शुष्क बनाती हैं। सच तो यह है कि जिसे हम जीवन कहते हैं, वह जीवन है ही नहीं। जीवन के रुटीन और निश्चित रास्ते जीवन के अभिशाप हैं और हम इन छोटी-मोटी चीजों से भागने या दूर जाने के लिए कुछ भी कर सकते हैं। चाहे वह कुछ घंटों के लिए अपने को शराब में डुबोना हो या ड्रग्स (नशीले पदार्थ का सेवन) या वर्जित सेक्स या फिर गोल्फ—हममें से कुछ लोग परियों के साथ अंडर ग्राउंड (धरातल) में चले जाना चाहेंगे, जहाँ उन छोटे-छोटे लोगों ने पृथ्वी के ग़र्भ में शरण ली हुई है, जिससे वे आदमियों के मारक तरीकों से बच सके, क्योंकि वे इतने ही नाजुक और नष्टवान हैं जैसे कि फूल और तितलियाँ। जितनी सुंदर चीजें होती हैं, वे आसानी से नष्ट हो जाती हैं।

घने होते हुए अँधेरे में अपनी खिड़की के पास बैठा अपने बिखरे

हुए खयालों को विचारों को कलमबद्ध कर रहा हूँ—जब मैं उन्हें (परियों से) आते हुए देखता हूँ, आपस में हाथ पकड़े हुए, कुहासे के बादलों पर चलते हुए चमकते हुए इंद्रधनुष के रंगों में डूबा, क्योंकि उनके पास से परी टिब्बा से मेरी खिड़की तक एक इंद्रधनुष का पुल बन गया है।

मैं जाने के लिए तैयार हूँ। प्यार करने के लिए और प्यार किए जाने के लिए उनकी गुप्त माँद में या ऊपरी वायु में—इस दुनिया जिसमें हम मेहनत करते हैं, के दम घोंटू वातारण और कैद से दूर।

परियो आओ और मुझे ले जाओ। मुझे उसी तरह से प्यार करने के लिए जैसे उस ग्रीष्म के दिन किया था।

□

बिल्ली की आँखें

लेखकीय टिप्पणी : मैंने यह कहानी एक स्कूल की लड़की के लिए लिखी थी, जिसने कहा था कि मेरी कहानियाँ बहुत डरावनी नहीं हैं। उसकी टिप्पणी थी—''बुरी नहीं।'' उसने मुझे 10 में से 7 अंक दिए।

उसकी आँखों पर जब सूरज की रोशनी पड़ती थी, तो ऐसा लगता था जैसे वह सोने का एक चकता हो। जिस वक्त सूरज पहाड़ों के पीछे आसमान में एक लाल घाव करता छुप रहा था तो किरन की आँखों में सोने से ज्यादा बहुत कुछ था। उनमें गुस्सा था, क्योंकि वह अपनी टीचर की डाँट द्वारा बहुत आहत हुई थी। यह कई हफ्तों के अपमान और तानों की पराकाष्ठा थी।

किरन अपनी कक्षा के कई बच्चों से बहुत गरीब थी और वह अन्य बच्चों की तरह ट्यूशन पर नहीं जा सकती थी, जो आजकल परीक्षा पास करने के लिए जरूरी हो गया है।

''तुम्हें नौवीं क्लास में एक साल और रहना पड़ेगा।'' मैडम ने कहा था। ''अगर तुम्हें यह पसंद नहीं तो तुम कोई दूसरा स्कूल ढूँढ़ सकती हो, ऐसा स्कूल जहाँ इस बात की कोई परवाह नहीं कि तुम्हारा ब्लाउज फटा हुआ है और तुम्हारी ड्रेस पुरानी है या जूता फटा हुआ है।'' मैडम ने अपने बड़े-बड़े दाँतों के साथ खीस निपोरी, जो कि उनके अच्छे स्वभाव की मुसकराहट मानते थे। क्लास की सारी लड़कियाँ

ही-ही करके दबे स्वर में हँस पड़ी। मैडम की चापलूसी करना मैडम के प्राइवेट स्कूल के पाठ्यक्रम का एक हिस्सा बन गई थी।

घर के रास्ते में उसके मन में जो दुःख उमड़-घुमड़कर आ रहा था, उस समय उससे सहानुभूति रखने वाली दो सहेलियाँ उसके साथ हो लीं।

"वह बूढ़ी बड़ी कमीनी औरत है।" आरती ने कहा, "उसे अपने सिवा किसी और की परवाह नहीं है।"

"वह जब हँसती है, तो ऐसा लगता है जैसे गधा ढेंचू-ढेंचू कर रहा हो।" सुनीता ने कहा, जो बहुत मुँहफट थी।

वास्तव में किरन कुछ सुन नहीं रही थी। उसकी आँखें दूर किसी बिंदु पर केंद्रित थी, जहाँ पर हर क्षण बढ़ती हुई चाँदनी में आकाश के विपरीत खड़े चीड़ के पेड़ों की पार्श्व-छाया दिख रही थी।

चाँद ऊपर चढ़ रहा था; एक पूरा चाँद एक ऐसा चंद्रमा, जो किरन के लिए एक विशेष अर्थ रखता था। जिसने उसके शरीर में झुनझुनी सी करके त्वचा पर खुजली पैदा कर दी। उसके बाल चमकने लगे और उसमें से चिंगरियाँ निकलने लगी। उसके कदम हलके पड़ने लगे, उसके पैर ज्यादा लचीले तथा ज्यादा शालीनता से पहाड़ी रास्ते पर बहुत हलके चाप से चल रही थीं।

जहाँ पर रास्ता दो फाँकों में बँट जाता था, वहाँ पर उसने अपनी सहेलियों का साथ अचानक छोड़कर जंगल वाले रास्ते पर चल पड़ी।

"मैं जंगल वाले रास्ते से शॉर्ट-कट ले रही हूँ।" उसने कहा, "उसकी सहेलियाँ उसके इस प्रकार के सनकीपन के व्यवहार से परिचित थीं। उनको पता था कि वह अँधेरे में अकेले जाने से डरती नहीं थी। किरन के इस प्रकार के मूड से वे एकदम से नर्वस हो गईं। अब वे एक-दूसरे का हाथ पकड़े खुली सड़क पर तेजी से अपने घर की ओर चलने लगीं।

किरन को शॉर्ट-कट के लिए ओक के घने जंगलों से गुजरना पड़ा। ओक की टेढ़ी-मेढ़ी शाखाओं की छाया पथ पर पड़ रही थी। एक सियार चाँद को देखकर हू-हू कर रहा था; एक छपका भी चीख रहा था। उसकी साँस छोटी और हाँफ-हाँफकर आ रही थी। जब वह गाँव के एक छोर पर बने अपने घर पर पहुँची तो तेज चाँदनी की रोशनी में पूरी पहाड़ी नहा रही थी।

खाने के लिए मना करके वह सीधे अपने छोटे से कमरे में चली गई और खिड़की खोल दी। चाँद की किरणें खिड़की में से होकर उसकी बाँहों पर पड़ रही थी, जिससे उसके बाल सुनहरे हो गए थे। सारी बाँह सुनहरी बालों से ढक गई थी।

पूँछ सरसराते हुए कान छिदे हुए पीला-भूरा तेंदुआ फुरती से खिड़की से बाहर आया, घर के पीछे खुले मैदान को पार किया, पेड़ की छायाओं में घुल गया।

थोड़ी देर बाद वह खामोशी से जंगल के अंदर से दबे पाँव चली जा रही थी।

यद्यपि शहर के टीन की छतोंवाले घर पर चंद्रमा की रोशनी चमक रही थी, तथापि तेंदुए को पता था कि छाया ये कहाँ पर गहरी है, सो वह उनके साथ सुंदरता से मिलते हुए चला जा रहा था। कभी-कभी साँस लेते हुए उसे खखारना पड़ता था। वही एक आवाज वहाँ हो रही थी।

मैडम डिनर खाकर रोटीज क्लब से लौट रही थी, जिसका नाम क्विन क्लब था। जो पतियों के क्लब से सदस्यता के एक तरह के विरोध में बना था। इस वक्त भी सड़क पर कुछ लोग थे, और सभी लोगों ने मैडम, जिनका शरीर स्टीम-रोल की तरह था, देखा था। किसी ने भी उस नरभक्षी तेंदुए को नहीं देखा, जो गलियों में से होता हुआ टीचर के घर की सीढ़ियों तक पहुँच गया था। वह वहाँ पर चुपचाप

किसी स्कूल की आज्ञाकारी लड़की की तरह धैर्य से बैठ गया।

जब मैडम ने अपने घर की सीढ़ियों पर तेंदुए को देखा तो उसका हैंडबैग नीचे गिर गया और उन्होंने चिल्लाने के लिए मुँह खोला, पर उनकी आवाज ही न निकली। न ही उनकी जुबान अब दुबारा इस्तेमाल हो सकेगी, न चिकना या किरयाली खाने के लिए न ही अपना गुस्सा विद्यार्थियों पर उतारने के लिए; क्योंकि तेंदुए ने उछलकर उनका गला पकड़ लिया था तथा गरदन मरोड़ दी थी। उसको खींचकर झाड़ियों में ले गया।

दूसरे दिन सुबह हमेशा की तरह आरती और सुनीता स्कूल जाते समय रास्ते में किरन के घर रुकीं और उसे बुलाया।

किरन उस वक्त धूप में बैठी अपने काले लंबे केशों को कंघी कर रही थी। ''क्या तुम आज स्कूल नहीं चल रही हो?''

लड़कियों ने पूछा।

''नहीं, आज मैं जाने की परेशानी नहीं उठाऊँगी।'' किरन ने कहा। वह आज सुस्ती महसूस कर रही थी, जैसे कोई संतुष्ट बिल्ली हो।

''मैडम इस बात से खुश नहीं होंगी।'' आरती ने कहा।

''क्या हम उनसे कह दें, तुम बीमार हो?''

''इसकी कोई जरूरत नहीं पड़ेगी।'' किरन ने कहा और रहस्यमय तरीके से मुसकराई।

''मुझे पूरी उम्मीद है कि आज छुट्टी हो जाएगी।''

□

बिन चेहरे का आदमी

ग्रामीण जीवन के हास्य की एक झलक आपको मिल जाएगी, यदि मैं यह कहानी एक दंतकथा द्वारा शुरू करूँ तो। मैं एक रात को गाँव में अकेला चल रहा था, जब रास्ते में मुझे एक बूढ़ा आदमी लालटेन लेकर चलता हुआ मिला। मुझे तब आश्चर्य हुआ, जब मैंने पाया कि वह आदमी अंधा था। मैंने उससे पूछा, "आप लालटेन लेकर क्यों चल रहे हैं, जब आप देख ही नहीं सकते?"

"मैं इसे इसलिए लेकर चलता हूँ,जिससे कि कोई बेवकूफ आदमी मुझसे अँधेरे में टकरा न जाए।" उसने उत्तर दिया।

जो घटना मैं अब आपको बताने जा रहा हूँ, उससे इसका थोड़ा सा ही संबंध है; पर इससे कहानी की सही टोन और सेटिंग हो जाती है।

एक दिन देर रात में मि. ओलिवर, जो एक एंग्लो-इंडियन स्कूल टीचर थे। अपने स्कूल से, जो शिमला के बाहरी किनारे पर था, लौट रहे थे। स्कूल इंग्लिश पब्लिक स्कूल की तर्ज पर चलाया जा रहा था। अधिकतर अच्छे भारतीय परिवारों के लड़के वहाँ पर शिक्षा ग्रहण करते थे 'लाइफ' पत्रिका ने भारत के ऊपर एक फीचर में इसे पूर्व का 'एटन' कहा था।

व्यक्ति-परखता को बढ़ावा नहीं दिया जाता था; वे सभी आदमियों या जनता के 'नेता' बनने के लिए नियत थे।

मि. ओलिवर स्कूल में पिछले कई सालों से पढ़ा रहे थे। ऐसा प्रतीत होता था जैसे वह अनंत काल से यही काम कर रहे थे; क्योंकि एक के बाद दूसरे दिन उसी एक रास्ते से आ जाता था। वही स्टील, जो उसके पहले दिन था। स्कूल से लगभग 2 मील की दूरी पर शिमला बाजार था, जहाँ पर सिनेमा और रेस्टोरेंट थे और मि. ओलिवर जो एक बैचलर थे, शाम को घूमते-फिरते शहर बाजार में आ जाते थे। और फिर देर शाम को चीड़ के जंगलों से शॉर्टकट लेते हुए घर पहुँच जाते थे।

जब तेज हवा चलती तो चीड़ के पेड़ों से उदास भयानक आवाजें आतीं, जिससे ज्यादातर लोग मेन रोड पर ही रहते, पर मि. ओलिवर एक नर्वस या कल्पनाशील व्यक्ति नहीं थे। वे एक टॉर्च लेकर चलते थे और जिस रात की घटना मैं लिख रहा हूँ। टॉर्च की पीली रोशनी—उसकी बैटरी समाप्तप्राय थी। जब-तब पहाड़ी रास्तों पर इधर-उधर पड़ रही थी। जब टॉर्च की टिमटिमाती रोशनी पत्थर पर बैठे एक लड़के पर पड़ी तो मि. ओलिवर रुक गए। लड़के शाम को 7 बजे के बाद स्कूल से बाहर नहीं रह सकते थे, और इस समय रात के नौ बजे के बाद का समय था।

"यहाँ पर बैठे हुए तुम क्या कर रहे हो, लड़के?" मि. ओलिवर ने जरा सख्ती से पूछा और उसके पास गए जिससे उस शैतान लड़के को वह पहचान सकें। पर जब वह बच्चे की ओर बढ़ रहे थे, तो उन्हें लगा कि जैसे कुछ गड़बड़ है। ऐसा लग रहा था जैसे कि लड़का रो रहा है। उसका सिर लटका हुआ था और उसने अपना चेहरा दोनों हाथों से ढाँप रखा था और उसका शरीर बुरी तरह काँप रहा था। पर उसकी रुलाई बड़ी अजीब और शांत थी। मि. ओलिवर को कुछ परेशानी-सी महसूस हुई।

"वेल, क्या बात है?" उनका गुस्सा अब चिंता में बदल गया था। तुम किस लिए रोए जा रहे हो?" लड़के ने न उत्तर दिया, न ही सिर

उठाकर देखा। उसका शरीर अभी भी काँपे जा रहा, खामोश सिसकियों के साथ।

''कम ऑन लड़के, तुम्हें इस समय बाहर नहीं होना चाहिए था। तुम्हें क्या परेशानी है, मुझे बताओ ऊपर देखो।''

लड़के ने ऊपर देखा। उसने अपना हाथ चेहरे पर से हटाया और अपने गुरु की ओर मुँह उठाकर देखा। मि. ऑलिवर के टॉर्च की रोशनी उस लड़के के चेहरे पर पड़ी—यदि आप उसे चेहरा कह सकते थे।

उसके चेहरे पर न आँख, न कान थी, न मुँह था; न नाक थी। यह एक गोल-मटोल चिकना चेहरा था। और उसके ऊपर एक स्कूल की कैप और यहाँ पर कहानी खत्म हो जानी चाहिए थी—जैसाकि पहले कई लोगों के साथ हो चुका था, जो कि ऐसे अनुभव के बाद अकारण ही दिल के दौरे से कहीं पर मर गए थे। पर मि. ओलिवर के साथ ऐसा नहीं हुआ। कहानी यहीं खत्म नहीं हुई।

उनके काँपते हाथों से टॉर्च नीचे गिर पड़ी। वह मुड़कर तेजी से पहाड़ी पगडंडियों से नीचे उतरने लगे, अँधेरे में पेड़ों के बीच से दौड़ते-भागते हुए और सहायता के लिए चिल्लाते हुए। अभी भी वह स्कूल की इमारत की तरफ दौड़ रहे थे। जब रास्ते में उन्होंने एक लालटेन लटकती हुई देखी। मि. ओलिवर इससे पहले कभी इतना खुश नहीं हुए थे—रात के चौकीदार को देखकर। वह लड़खड़ाते हुए चौकीदार के पास पहुँचे और कुछ गड्ड-मड्ड-सा बोलने लगे।

''सर, क्या बात है?'' चौकीदार ने पूछा, ''क्या कोई दुर्घटना हो गई है? आप भाग क्यों रहे हैं?''

''मैंने कुछ देखा—कुछ भयानक। एक लड़का जंगल में रो रहा था। और उसका चेहरा नहीं था।''

''चेहरा नहीं था, साहब?''

"न आँख, न नाक; न मुँह··· कुछ भी नहीं।"

"क्या आपके कहने का मतलब है वह इस तरह का था?" चौकीदार ने पूछा। उसने लालटेन अपने चेहरे पर दिखाई। चौकीदार के भी आँख, कान, नाक कुछ भी नहीं था। भौंहें भी नहीं थीं।

तेज हवा के झोंके से लालटेन बुझ गई और मि. ओलिवर को हार्ट अटैक हो गया।

□□□